想象另一种可能

理想
想
国

imaginist

许子东文集

6

许子东 著

小说香港

九州出版社

JIUZHOUPRESS

《香港短篇小说选》
（1994—1995）
　　许子东　编
香港三联书店 2000 年版

《香港短篇小说选》
（1996—1997）
　　许子东　编
香港三联书店 2000 年版

《香港短篇小说选》
（1998—1999）
　　许子东　编
香港三联书店 2001 年版

《香港短篇小说选》
（2000—2001）
　　许子东　编
香港三联书店 2004 年版

《香港短篇小说选》
（2002—2003）
黄子平　许子东　编
香港三联书店 2006 年版

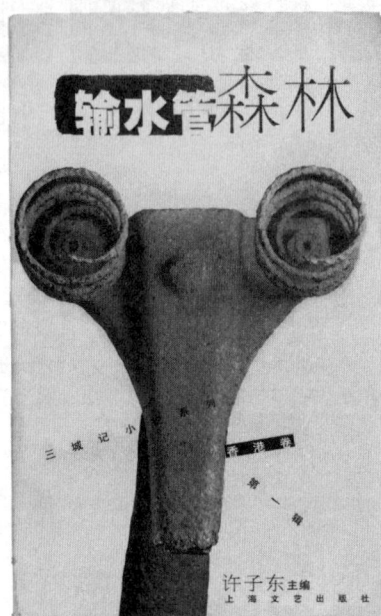

《输水管森林·香港卷》

许子东　主编

上海文艺出版社 2001 年版

许子东主编

三城记小说系列第二辑·香港卷

后殖民
食物与爱情

上海文艺出版社

《后殖民食物与爱情·香港卷》

许子东　主编

上海文艺出版社2003年版

许子东主编

无爱纪

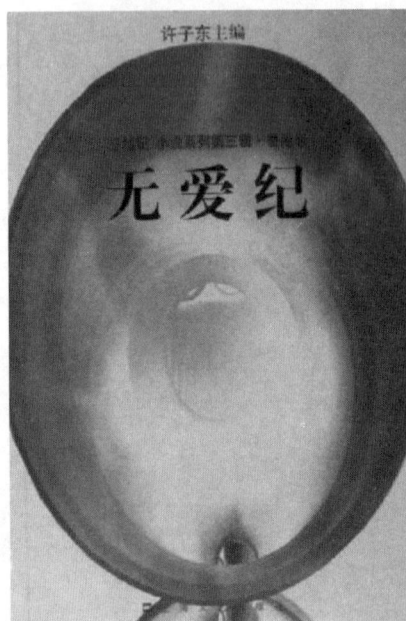

《无爱纪·香港卷》

许子东　主编

上海文艺出版社 2006 年版

《香港短篇小说初探》

许子东　著

香港天地图书有限公司 2005 年版

张爱玲·郁达夫·香港文学

许子东讲稿
SELECTED WORKS OF XU ZIDONG

张爱玲·郁达夫·香港文学

《许子东讲稿·第二卷》

许子东　著

人民文学出版社 2011 年版

编者的话

《许子东文集》共十卷。前三卷均为作家论；四至六卷，包括两项专题研究和一本论文集；七至九卷，都是以文本细读为中心的文学史论述。卷一至卷九只收学术文章，有文体分类，也按时序编排。最后一卷是自传。

关于作家论，研究中国现代文学的同行，大都从此起步，后来或进入文学史、思想史或文化研究。一再耕耘作家论的学者不多。作者却在几十年间，陆续写了三本（卷一《郁达夫新论》、卷二《细读张爱玲》、卷三《重读鲁迅》）。何以如此执着这种在今天学术生产工业中已不那么为人重视的研究方法和出版体例呢？作者意在探索，如何走进中国现代文学研究最重要的基础课题。

关于专题研究及论文集，起因是探讨小说如何研究历史。卷四《当代小说中的现代史》，开始把更多精力投入中国当代文学批评，介入文学现场。卷五是一项借用俄国形式主义理论的专题研究，题目里的"集体记忆"，并非研究 1966—1976 年的文学，而是考察 80 年代中国小说如何叙述"十年"。卷六，到了 90 年代，尤其作者到香港任教以后，同时也打开了一个新的研究领域。

关于文学史的论述，最早其实来自课堂讲述。卷七《许子东现代文学课》(《文集》收入的是增订本）是作者在岭南大学本科一年级课程的课堂实录，当时有腾讯新闻现场直播，保留了教学现场的气氛、效果和局限。卷八《重读 20 世纪中国小说》（上下册）及续篇卷九《21 世纪中国小说选读》是作者近些年的学术工作，以代表作文本细读为主体，但不按传统的以时代为中心，或以作家类型排序梳理。这些研究既是声音也是文字，始终重视文本，也正视一些复杂的文学史课题。

卷十作者自传，有感于时代循环迅速，过去也不会消失。人有可能两次进入同一河流？自传见证神奇的时代。《文集》记录作者几十年的文学批评实践。

目　录

第一辑

论
『失城文学』

一

冯伟才在《香港短篇小说选（1984—1985）》的"序言"中为选本的范围（即什么是香港短篇小说）作了四点界说（后来黎海宁也依循这些标准）：

一、日期——以作品发表的日期为准。

二、作者身份以在本地写作的香港作家为准。无论他／她是来自大陆、台湾，或外国，只要已在这里定居（即香港法例定义下的香港居民），其所发表的小说，均被视为香港文学作品。

三、内容不需要以写香港人香港事为主，但如果在一定程度上反映香港社会的各个层面和香港作家的所思所感，都会优先考虑。

　　四、艺术手法以能反映香港不同背景的作家的写作手法为主，尽量让读者感到香港文学创作的百花齐放、兼容并包的特色。

　　以上标准我在原则上都是遵循的。但我理解第一条中"发表"的范围则不完全限于报纸杂志，也应该包括某些公开的艺术展览、市政局文学评奖或书籍的首次出版。第三、第四条也完全没有异议，任何香港作家的作品都必然反映"香港作家的所思所感"，而且写作手法总会有所不同。只有第二条"在本地写作"，似乎有再讨论的余地。"以在本地写作的香港作家为准"——假如钟晓阳、黄碧云、西西在多伦多、悉尼、伦敦或者广州、台北写作是否就不算"香港短篇小说"呢？这个问题牵涉几个不同的层面。第一，有时候"在本地发表出版"可能比"在本地写作"更为重要，作家如有香港背景，最初因在香港发表和出版在香港出名，她／他后来走到天涯海角，是否也可以继续创作"香港故事"？第二，如果作家最初或主要不在香港发表和出版作品，这时"在香港写作"才成为重要因素。20世纪七八十年代西西在香港写作，虽然作品主要都在台北出版，但并不妨碍她的香港作家身份；反之，施叔青、余光中如果不在半山、沙田写作，其作品即使写到香港，是否属于"香港文学"仍然可以存疑。第三，生活背景与写作地点很可能"错位"，《第一炉香》与《马伯乐》便是很明显的例子：后者在香港写作发表，前者却对香港文学影响更为深远。所以，"本地写作"（如同身份证、出版地、读者群）一样，都是定义"香港小说"的重要条件，但都不是必需条件。如果因为《老张的哲学》和《雾·雨·电》写于伦敦、巴黎，我们就将老舍、巴金发表在上海《小说月报》上的早期创作列于中国现代文学之外，那文学史也就面目全非了。事实上，《沉沦》（写于日本）、《再别康桥》（写于印度洋邮轮）等海外创作恰恰提供了"五四"文学的一个重要线索。从我们的选本来看，"香港人的海外故事"也正是近年来香港短篇小说创作的一个相当重要的组成部分。

黄碧云是20世纪90年代以来最引人注目的本地作家之一，她的代表作《失城》有一半篇幅描写主人公陈路远和赵眉一家的异国漂泊生活。可能是一种有意与"典型环境典型性格"写作原则开玩笑的反小说策略，黄碧云不同小说中的不同角色常常拥有相同的姓名。陈路远、赵眉这一次是因为害怕而移民的港大旧生，"我们以为追求自由，来到了加国，但毕竟这是一座冰天雪地的大监狱——基本法不知颁布了没有。他们在那里草拟监狱条例呢。逃离它，来到另一座监狱"。在现实生活中，的确有不少"幸于能逃难香港的中产阶级"将自己辛苦谋求的移民生活比作"坐洋监"，黄碧云更将离乡背井的精神危机渲染成丈夫对妻子出于爱欲的杀意以及母亲对孩子的半疯狂虐待。赵眉有一次逼迫满嘴是血的孩子吃生鸡心、牛脾、猪肝，然后又跪下哭泣："你们父母做错了，从油镬跳进火堆，又从火堆跳进油镬。做错了什么，我们却不晓得。"油镬、火堆的意象在小说中反复出现，主人公也一再在漂泊途中比较海外与香港的生活。疲弱的夫妻，每到一处生一个孩子，阿尔拔亚省太冷，而多伦多"挤迫而空气污浊"，虽然人们"喜欢饮茶，看《明周》，炒

地产，比较像香港，令人心安"。终于在旧金山安顿下来，儿子
又因讲中文而被同学殴打，主人公也被裁员。比现实困境更严
重的是心理变态，丈夫下意识里"渴望赵眉及孩子的消失"，妻
子则"买了一百米黑布，成天在踏衣车上缝窗帘，将屋子蔽得
墨墨黑黑的"，下面一段有点学步卡夫卡的场景，可以视为黄碧
云对移民生活的概括：

> 凌晨五时，我们夫妇对着一桌子食物，窗外是深黑的雪。
> 我狠狠地瞪着眼前那只吱吱的白老鼠，赫然惊觉老鼠已经成
> 千上万地繁殖，爬满了厨房、睡房、阁楼，甚至在我的驾驶
> 座上。我蹦地跳起，冲入婴儿房，紧紧抱着明明、小二，怕
> 他们要被白老鼠吃掉了。孩子"哇"地哭了。转身来，见赵
> 眉单单薄薄地赤足站在房门口，睡袍皱而陈旧，凄凄凉凉的
> 双手交缠在胸口，道："陈路远，让我们回香港吧。"

别的香港作家的笔调可能不像黄碧云这样怪诞残酷，但对
移民生活的描写却也都是透露失落迷惘心情多于渲染浪漫异国
情调。黎翠华比较写实的《仲夏之魇》[1] 叙述金刚、明珠夫妻在
欧洲开餐馆，工作辛苦无聊，住在花园洋房，主人公觉得"就
为了这个也值得移民"，但又忍不住要回忆："那时候我每晚在
龙祥道飙车……""我溜冰可厉害啦，小时候我去荔园，后来我

1　原载《香港笔荟》1997 年 3 月第 11 期，收入许子东编：《香港短篇小说选（1996—
　1997）》，香港：三联书店，2000 年。

去太古城……"至于眼前这座只有一家中国人的欧洲小镇,则又一次被形容为"一座开放的监狱"。吴永杰的《两种对立的生活》[1]更加通俗地点出了为房子而移民的懊悔:"二千八百呎分成两层,汉璋常说要是能将这座房子搬到香港去就值钱了,但如真的搬到香港去,当我推开门,还会看到青青的草地,还会呼吸到这样新鲜而没有尘埃的空气吗?但草地和空气对我来说真的那么重要吗?"与这种小市民的患得患失形成对照,知识分子"流落在陌生地方",就算迷路,其"尴尬的处境"也"颇富有象征意味"。[2]"自己是很自寻烦恼,终日为了想看更多的东西,为了不知为什么的追寻,许多时老是走到地图以外去,走到自己熟悉的范围以外去,无端置身在不安全的处境里了。"然而无论是小市民追求房子还是知识分子的精神旅程,正如《边界》的叙事者所言,"作为一个香港人特别没有浪漫的条件",他们的海外漂泊,始终都是"尴尬与不安全的"——作为"不安全"的例证,钟晓阳《未亡人》[3]中为几个女人所钟情的梁伟,不就是在美国撞车而死了吗?

为什么流落异国,"香港人特别没有浪漫的条件"?"五四"时期郁达夫、闻一多描述留洋经历,有愤恨也有怀念。徐志摩"甘愿做水草"的迷恋当然更加脍炙人口。后来台湾作家於梨华、白先勇等解析留美华人身份危机,惆怅中总还有些异国情

1　关丽珊编:《我们的城市:香港短篇小说选》,香港:普普工作坊,1998年。

2　也斯:《边界》,《香港文学》第109期。

3　钟晓阳:《燃烧之后》,香港:天地图书有限公司,1993年。

调，都不会像黄碧云或别的香港小说家那样，只是将海外生活视为"油镬""洋监"。这是否说明香港人特别热爱香港？或者比起"五四"文人留洋、60年代台湾人赴美，香港人的移民更加被迫与无奈？也可能这些有关异国的故事大都发表在香港的报纸杂志，主要满足没有能够"坐洋监"的香港读者的中文想象需求？

二

如果以黄碧云短篇《失城》来形容90年代的香港文学主流倾向，我以为不仅仅因为小说题目契合一个时代的政治文化焦点（就像用卢新华短篇《伤痕》来概括"文革"后中国文学潮流一样），而且也因为《失城》本身的故事结构概括了所谓"失城文学"四个类型的至少前两条线索："漂流异国"与"此地他乡"。

《失城》中的陈路远终于忍受不了旧金山的"洋监"，一个人取道欧洲返回香港。不久被赵眉发现行踪，带着四个孩子一起回流。

然而我已无法再认得香港。

"我已无法再认得香港"——这个题目在很多作家笔下以不

同形式出现。辛其氏的《玛丽木旋》写的是"又一村紫藤路底这座小园"中的"一座剥落生锈转动时隆隆作响的木造旋转台"。从前叶萍和她的女友们，醒亚、立梅和但英，常在这旋转台上讲心事，谈论问题，以木台为道具做逼供游戏，要各人讲出自己的政治信念和感情秘密，也曾因木台旋转太快而受伤。如今醒亚已在夏威夷幽怨独居，但英因为北上做新闻被拆胶卷，现在也"忙着执拾老家、变卖房子、安排装箱移民的琐碎事情"。旧地重游，"叶萍自言自语：'树已长得这般高了啊。'立梅环视园中油漆已经褪尽的栏杆，崩颓的花砖墙，不再喷水干枯了的池塘……阳光兴许仍是廿年多前的阳光，可这小园和这园子外的世界已变得太多，今天只剩下她和叶萍坐在园子里面对破败的玛丽转台"。

《玛丽木旋》的叙事角度是飘移的，从夏威夷开始，回到熟悉的玛丽木旋，再表示陌生感。辛其氏的惆怅迷惘，用也斯《边界》中的理性文字来表达，就是："回到香港，发觉许多事情变了……我是渴望回到一个'家乡'那样的地方，慢着，我知我回到香港也不会找到的。"而在黄碧云《失城》里，温柔的若有所失就会演变成暴烈的伦理惨剧：同样是回流到无法认识的香港，陈路远最终完成了他在漂流异国时的夙愿，用大铁枝杀死了妻子和四个孩子及家中的大白老鼠。在不无做作的巴赫大提琴伴奏下，陈冷静地请邻居报警，后来又获得另一位"失城者"（即将退休的英国警官伊云思）的同情。小说反复重申主人公是"从油镬跳进火堆，又由火堆跳回油镬"，前者是指"漂流在异国"，后者意即"此地是他乡"。

　　并不一定要有漂流异国的"坐洋监"经验才会有"此地他乡"之感。很多土生土长的香港人或许从来没有可能"漂流"，却也会突然发觉他们并不认识眼前的城市，因而抗拒大厦，怀念旧街。散文体的感性写实如马国明的《荃湾的童年》："今日木棉下那排嫣红的木棉树，'中国染厂'排出的废料的圆管，'南华铁工厂'的工人宿舍，以至我走了二十多年的林荫小径均被埋葬了，但却不是全都被埋葬在历史的洪流里……""当身边周围熟悉的景物都改变了，你不得不问：'我在何方？'"以后设小说技术制造历史感的（香港的寻根文学？）有董启章《永盛街兴衰史》（"舞进上环"计划作品展览，1995年2月17日）："把一切有关的材料也付诸一炬，永盛街的痕迹又归于无有，大半年来罗织起来的几段繁华故事，一刻间化为火盆中的余烬……数天后，这幢房子便要化为瓦砾……永盛街无能苟延至1997年。但这又有什么值得惋惜？很快这里便会高高拔起另一幢更能象征这个时代转折的中资商业大厦。爸爸回港办理卖楼手续的时候，我曾告诉他我要写一篇永盛街兴衰史的文章，但他只是淡淡地说：永盛街根本就不曾存在，它只是你嫲嫲的梦。"当然，如果真的不值得惋惜，何必再虚构《地图集》编造"兴衰史"？无论眼前变化的原因是经济转型，是现代趋势，是地产商、政治家联手，还是全球气候转暖，对于生于斯或长于斯的人们来说（至少在纯文学里），总之一切变化都太快——"我已无法再认得香港。"海辛的《鬼屋·神庙·酒店》平实记述了同一空间（沙田山谷某处）在不同时间段的不同风貌，从三十年前青年探险的神秘鬼屋，到后来经济起飞时人头涌动的烧香神庙，再变为今日一排十二幢度假酒店——小说女主角雪也从天真活泼的少女，变成勤奋务实的少妇，再到现在浑身名牌的富婆。心猿的《都市：影像迷宫》虽然技巧变幻、文字闪烁，后来还引起不少争议，但主人公乱马在照片内外或隧道里面闯来闯去，也还是在湾仔、避风塘、春风街、石硖尾或新界某围村等相距不远的不同空间穿插 1967 土制菠萝、1957 挂旗冲突、1941 日军占领、1994 日月新天等不同的历史时段，"我们从历史的噩梦中醒来，摸不到自己的头颅……我不知自己身处何方，梦里不知身是客"。"你不知该怎样做，你不知你如何可以不钉死在他人的影子里做自己的主人。"

除了上述由空间转变（漂流异国后无法再认识香港）和时间穿插（身处维园石硖尾感慨世事街景变迁）这两种类型导致的疏离感（alienation）以外，近年香港短篇小说中还有第三种形态的"此地是他乡"的故事，那就是南来者安家乐业以后依然念念不忘"往日恋人"。黎海华在《迷宫小说》一文[1] 对王璞小说的特点有过简洁精辟的评论，她认为王璞笔下"从内地移民香港的主角，往往活在'过去'里，只要某一事物引发起往事的一点联想，就会浑然忘却'现在'，马上从现实抽离，做出一些莫名其妙的'傻事'"。例如《相遇》，三十二年前的一个非常琐碎的童年记忆一下子就将主人公从眼下的卡拉 OK 歌声中拉了出来。又如《红梅谷》，主人公只是因为在巴士上瞥见新界某条路的转角有"红梅谷"的路牌，联想到"红河村"这首

1　见王璞：《知更鸟》，香港：基督教文艺出版社，1998 年。

歌，便决心去红梅谷看看。经过了很多曲折，克服了很多困难，他终于成行，到了红梅谷却没有下车——和舒非的《窗外红花》所表达的意思一样，看来"往日恋人"只可回忆不能再遇。与陶然等作家批判诸如职工憎恨老板、警察强奸过期居留人士等香港社会负面现象的现实主义笔法不同，王璞笔下的香港生活平静繁忙、秩序井然，只是主人公不知为什么很容易"走神"，也许黎海华说得不无道理："他们自内地移民岛上，依然活在过去的影子里，无法直接面对现实。"所以生活虽然美好，"此地仍是他乡"。

以上分析的三种"失城文学"的不同变奏，无论是回流后的失落、本地人感叹世事变迁，还是南来者无法面对现实，背后可能都有具体的历史政治文化线索可以寻找。但香港小说除了在有意无意间体现詹姆逊（Fredric Jameson）所谓的"第三世界"弱小族群的"民族—国家寓言"以外，还时时透出后现代的荒诞。有时人与人之间的"他乡感"可能更加惊心动魄——与颜纯钩的《耳朵》借用荒诞细节拷问正常人性异曲同工，许崇辉的获奖短篇《鼠》描写来自异乡的满大姨因为爱好养鼠引起主人公全家生活气氛大乱，但小说更令人震动的情节是主人公在逐渐习惯、接受满大姨的怪癖后，在电梯等公共场所却又有邻居市民以惊恐目光看着他……黄碧云评论这篇小说："以日常生活语言，写一个惊栗而悲哀的寓言。小说的张力在于：以为她写这些，其实写另一些；以为她平淡安稳，原来她烦躁张狂。压抑与低沉有卡夫卡的气味……"从《失城》的具体愤怒，到《鼠》的抽象荒诞，乃至余非《天不再空》的绿色关怀，总而言之，太爱这个城市了，才会感到失落，才会感叹"此地他乡"。

三

很多香港小说喜欢"故事新编"，而且和电视剧、武侠小说大胆改造历史或名著一样，作家重写经典桥段时也充满吊诡奇思，常将中西文学传统"创造性转化"。比如刘以鬯《寺内》讨论张生、红娘诸位的潜意识，李碧华《青蛇》渲染小青暗恋许仙而法海则是同性恋，《潘金莲之前世今生》里的金莲、武松居然来了香港，等等。刘以鬯新作《盘古与黑》篇幅虽短，但在文体甚至印刷字体上都有大胆实验。近年来最引人注目的"故事新编"除了西西相当前卫的历史小说《浪子燕青》[1]以外，便是伊凡（孔慧怡）发表在《香港文学》上的系列短篇《才子佳人的背后》了。这些短篇后来在台北麦田结集出版时改题为《妇解现代版才子佳人》，究竟才子佳人如何妇解，怎样现代？第一篇《后花园赠金》可视为最佳代表。小说的大部分篇幅，以舒缓秀气的文字，从容叙述进学应考的朱公子在途中被某富家小姐接济黄金三十两，书生感激不尽，与小姐断弦起誓。小说后半段才不动声色地显出"戏肉"：书生走后，夫人丫头却帮小姐

1　原载《素叶文学》1996 年 9 月第 61 期，收入许子东编：《香港短篇小说选（1996—1997）》，香港：三联书店，2000 年。

将"信物"贴上条子写明姓名、年月、时辰，为的是以后不要弄错——原来小姐每晚赠金，在上京应考的几十上百名书生身上广作投资，不怕日后没有状元探花回来。伊凡这个"故事新编"显示了香港近年短篇的另一个重要特点："爱情即战争"。具体分析，这种"爱情战争"发生在男女之间，主要形式是提防、猜疑、试探、防范、进攻、躲闪、计谋、策略、犹豫、迷惑……恋爱的结果并不重要，游戏过程便是一切。"五四"以来，《银灰色的死》《伤逝》《家》等情爱小说，基本上都是男女双方与社会环境作战，男女之间即使有矛盾冲突，也是社会因素所致或反映外界压力。直到《倾城之恋》，爱情故事的主战场才从男女与社会之间转到男人与女人之间。张爱玲的影响在今天的香港文学中随处可见，邱心《八月一日小说仿作·仿作非小说》甚至在一段缠绵细密的忧郁文字之后直接讨论"模仿张爱玲小说应该注意哪几个方面"。如果说80年代黄碧云文学清洁、细节丰满的《盛世恋》，成功继承张爱玲遗风，那么收入本选集的将爱情写成病态生理本能的《呕吐》，则可视为"爱情战争"的最新发展。

如果换成男性叙事角度，例如罗贵祥《我所知的爱欲二三事》，"战争"就会更加赤裸更加复杂。刚离婚的"我"一方面暗恋朋友的女友，一方面又回忆母亲与她的年轻情人之间的亲密场面："他解去母亲衬衣的纽扣，探手去摸她的乳房……他拉开他裤子的拉链，跟着拉母亲的手进去。我闭上眼睛，在恐慌的黑暗之中，什么声音也没有听到。"这样的爱欲文字，就像莫言描写"奶奶的性解放"一样，不是吸引读者进入场景，而是帮助读者拉开距离。

也有"爱情战争"发生在同性之间——不是作为情敌争夺异性，而是同性之间在恋爱中的挣扎以及与社会作战。黄碧云的《她是女子，我也是女子》用"厮守终生"的"仿婚约"来解释、规范女性之间的情爱，发表在《香港文学展颜》第9辑中蔡志峰的获奖小说《复活不复活是气旋》[1]则以更加大胆的细节与技巧宣示男性之间的欲情，惊世骇俗，无论其文学效果还是同志主题都更具挑战性。主人公浩辉有一个正常、保守的家庭背景，父亲常出差，母亲很会做菜，姐姐正在恋爱，周日全家去做礼拜。在向同学达华求爱受挫以后，浩辉内心布满矛盾痛楚，但也曾和父亲严肃讨论过社会应该如何宽容、帮助、医治同性恋者。然而在男主角一次次在公厕、酒吧、迪斯科约会以后，最后无意间在一家 gay bar 看见了自己的父亲……小说结尾以整页的夹杂路牌广告的无标点文字，伴随着主人公心情、道德、价值观的天旋地转，显示了这一种"爱情战争"，不仅在参与者"同志"之间进行，也在"同志们"与社会之间展开。相比黄碧云等写女同性恋侧重心灵情意沟通，蔡志峰解析男同志爱则更直面肉身冲突。

编选《香港短篇小说选》，我试图依据两条标准。一是"好作品"，不仅在香港文学范围里看是"好作品"，而且在海峡两岸及全部现代汉语的文学中，在文学的一般定义中也是"好作

---

1 《香港文学展颜市政局中文文学创作奖获奖作品集》，第 9 辑，香港：市政局公共图书馆，1994 年。

品";二是"重要作品",也就是说近年来香港小说发展中有影响、有代表或引起争议的作品。两条标准之中,前者是主要的标准。在阅读几百上千篇小说的时候,我其实并没有想到如何分类、怎样评价,所以本文中讨论的所谓"失城文学"或"漂流异国""此地他乡""爱情战争"等阅读线索并不是我编选小说的标准,而只是我在初选过程中或编选完成后才形成的批评概念。

所以这篇文章,如同本人的编选工作一样,受到很多主客观因素的限制,一定无法展示近年香港短篇小说发展的全貌。即使是文中所论及的短篇小说,其主题的多义性与意象技巧的复杂性,也并非上述几个批评概念所能涵括。归根到底,本文不过是笔者个人的阅读笔记而已——至于这些小说中间、背后那神秘的城市,我是在其间生活越久,就越是感觉难以评说。

[本文系《香港短篇小说选(1994—1995)》序言,
1999 年 4 月 12 日初稿,6 月 30 日修改]

1997年的香港短篇小说

一

　　《香港短篇小说选（1996—1997）》收选了在这两年间初次发表（或初次结集出版）的短篇小说 17 篇，其中包括几篇1996—1997 年市政局中文创作奖和第二十四届青年文学奖的获奖作品。近年来的香港文学以几百字专栏散文与 15—20 万字的袖珍便携式长篇（或专栏结集）较为发达，能够发表几千上万字短篇的文学杂志不多。印刷形式、发表渠道及流通过程都会制约、影响文体（甚至语言）的发展变化，所以香港的短篇或者很精炼（报纸副刊通常只提供数千字篇幅），或者很舒展（一些长篇中的章节又可以独立发表，自成短篇，这也是香港文学一种颇为独特的文体现象[1]）。香港目前并没有专门发表中篇小

1　如辛其氏发表在《素叶文学》第 52 期上的《玛丽木旋》，也是《红格子酒铺》（香港：素叶出版社，1994 年）中的一章。

说的期刊，市政局及其他文学评奖对小说字数的规定也较具弹性，一些两三万字的小说常常在《素叶文学》或《香港文学》上发表或连载。在没有中篇选本的情况下，"短篇小说选"责无旁贷也应当收集这类小说。

在解释"发表年限"与"短篇定义"以后，书名上仍有一个概念——"香港"——需要继续界定，这种界定牵涉到一个在评论界一直引起争论的话题：什么是"香港文学"？

在确定"香港短篇小说"的范围时，至少有四项条件通常会被考虑：第一，作者身份（是否"香港法律定义下的香港居民"）；第二，写作环境（是否"在本地写作"，是否至少有一个时期在香港生活）；第三，发表出版（是否在香港拥有读者）；第四，作品内容（是否直接描写香港）。

在我看来，第四项条件不是定义香港小说的先决条件，可以暂时先不考虑。刘以鬯《寺内》、金庸《鹿鼎记》都不写香港，但应该都是香港小说。反之大概没有人会将王安忆的《香港的情与爱》列为香港小说——虽然小说从题材到题目都写香港。作品中的"香港故事"，这是评论家和香港文化研究者后来关心的题目。小说内容是否描写香港与能否列入香港小说范围，两者之间并无必然联系。

其他三项——本地身份、本地写作、本地出版——显然都是确定"香港小说"范围的重要条件。如果三项条件皆符合，就像本选集中的大部分作品那样，当然都是典型的"香港小说"，不必多论。但如果有作品不能完全符合这三项条件，情况就会变得稍微复杂一些：

第一种情况如收入本选集的《安卓珍尼》，董启章是香港作家，也在本地写作，作品在台北获奖、出版。以往西西也有不少小说集在台北出版。可见缺乏条件三，仅依据"香港身份"与"本地写作"，人们仍然会认为《安卓珍尼》是"香港小说"。

第二种情况如黄碧云、钟晓阳、亦舒等人的小说，香港作家，作品也在香港发表出版，在香港拥有很多读者，但可能目前不是"在本地写作"，而是在伦敦、悉尼或多伦多写作。我在另一本小说选的序文中专门讨论过这种现象，就如郁达夫写于日本的《沉沦》和徐志摩写于印度洋邮轮的《再别康桥》都属于中国现代文学是一样道理，虽然不在"本地写作"，仅依据"香港身份"与"香港读者市场"，人们还是会将黄碧云、钟晓阳的作品视为"香港小说"。

这是否说明在作者身份、写作地点与读者对象三项条件中，只要符合其中任何两项就可以被视为香港小说呢？我们来看比较令人困惑的第三种情况。有些作者可能不是"香港法律定义下的香港居民"（可能没住够七年；或不愿申请成为香港永久居民；或者在别的地方出名，例如余光中、施叔青，在香港住了很久，人们还是不将他们视为"香港人"），但他们在香港写作，也在香港发表，并拥有香港读者——我在编选《香港短篇小说选》的过程中常常疑惑：究竟《赤地之恋》《牛蛙记》《香港的故事》等是否属于香港文学？如果缺乏香港身份，能否依据"本地写作"与"本地出版"这两项条件确定一篇作品是否为香港小说？——我对这个问题也没有答案。本选集收入了短篇小说《孔晴》，因为我觉得作品中的"爱情战争"场面很有香港味道，文字也非常特别。虽然《素叶》编辑告诉过我，作者海静在香港生活，却可能"不是香港人"。[1]我发现在这种情况下，作品是否表现香港，以及作品是否对香港文学界乃至香港文学史产生影响，才成为人们考虑的附加因素。

综合以上几种可能的情况，可以引出两点推论：一、列入本选集选择范围的"香港小说"应该符合本地身份、本地写作与本地出版这三项条件中的至少两项条件。单独一个因素总是不够的（比如作者虽有香港身份，却一直在内地或国外写作和发表，香港读者从来没有机会接触其作品，这时他或她的小说也很难入选《香港短篇小说选》）。二、如果拥有"香港身份"，再加上"写作环境"或"本地出版"等任何一项条件，便充分符合"香港小说"的一般定义。但如果缺乏"香港身份"，则需要满足其他各种条件——"本地写作""香港出版"，再加上描写"香港故事"，以及对香港文学史产生影响等附加因素，能不能被大家约定俗成地视为"香港小说"，仍是疑问。可见三项条件并不是同样重要，"香港身份"是最关键的因素——这是否说明"香港文学"之所以成为"话题"，归根结底是与"身份认同"的危机与觉醒有关？

不过我在参与编选这套选集时，既关心"香港"，更关心"小说"。诚如在《藤野先生》中鲁迅说：小而言之为了国家，大而言之为了学术。在所谓"好作品"与"重要作品"这两条标准

1　其实是个误会。后来海静在作者介绍中这样声明："原名赖淑姬，广东省潮安人。1969年香港出生，土生土长。"

之中，前者是主要的标准。但"好作品"的标准可能比较主观，"重要作品"却比较有客观依据——比如获奖、引起争议等。我希望这套选本至少有两种功能：一是显示这两年来香港短篇小说中的佳品杰作，二是显示香港短篇小说的最新变化发展趋向。两者可以统一，但也常常有所不同。

二

按照市政局中文文学创作奖的有关规定，获奖作品应该由市政局图书馆结集出版，而不能在其他杂志或书籍发表出版。感谢市政局图书馆和作者的允许，我们可以将许荣辉的《心情》收入本选集。这个短篇能够获得 1996—1997 年香港市政局中文文学创作小说组的第一名，当然不仅仅是因为小说传递了一种特殊时刻的特殊情绪，更在于小说选择了一个与众不同而且比较复杂的角度来表达"九七心情"。为金钱、良知、生存策略等现实问题所困扰的男主人公，独自坐在那个雕像被淋红漆的公园里回想往事："母亲工作的饼厂曾在公园侧，……他一直无法记牢这座都市一些重要事件和它们发生的日期，记不牢并不是他对这都市没有感情，而是他一直感到他是在用全副精力吃力地应付着平凡的日子，再无余暇顾及了……大概该是 60 年代尾的某个日子，但那天的天气他是一直记得很清楚的，暖洋洋的秋日照射在工厂的大门，大门却是关闭着，疲态不堪的女工坐在厂门口，都是很无奈的样子。这个情景在他少年时期留给他难以磨灭的印象，以致他日后一直无法接受那些低矮楼房已变成高楼大厦的事实。"这些年来有不少小说都描写主人公在心里以温馨的感觉怀念过去并排斥今天的高楼大厦，《心情》与其他因为太热爱这个城市而对其产生了陌生感的小说的一个不同之处就是，这里有一个曾经参与艰辛创业如今却无法分享繁荣的老年女工的视角。"这座都市的人就像围绕着这都市的海港的水，都换了。"几十年后主人公又和母亲一起坐电车经过被明亮大厦包围的公园，主人公正要抒发一些感慨，身旁的母亲却已疲累睡着了……

"此地是他乡"的主题可以有种种不同变奏：黄碧云（《失城》）、黎翠华（《仲夏之魇》）、也斯（《边界》）渲染的是漂泊或回流的失落，马国明（《荃湾的童年》）、董启章（《永盛街兴衰史》）、许荣辉（《心情》）等感叹城市世事变迁，王璞（《红梅谷》《话题》）、舒非（《窗外红花》）则描写南来者总是寻找往事旧梦……如果说所有这些"失城"的感慨背后可能都有具体的历史政治文化线索可以寻找，那么在更年轻一代笔下对这个城市的疏离，其意象指涉就更为抽象。似乎不仅近年来"我们的城市"成了"他乡"，而且是怀疑"城市"本来就不是"我们的"？或者，"城市"本来就是"他乡"？17 岁中学生韩丽珠的短篇《输水管森林》已经被收入不止一个选本，小说用一连串残雪式的细节（洗肠、偷窥、病房等）将外婆的垂死（和《心情》异曲同工，又是辛劳大半生的老年女人）与城市的更新联系起来，其中输水管更成为既令人赞叹又令人恐惧的都市风景："我看见对面大厦的水管像一堆肠子弯弯曲曲地缠在一起，盘结在一楼的檐篷上。那之前，它笔直地爬上楼顶，然后走进每所房子里……多条苍白的输水管，在医院背后的墙壁，不规则地分布着，像树木的枝丫，向四面八方伸展。"除了这种视觉上对"楼"与"市"的晕眩，还有听觉上的烦躁。黄敏华的《少言妙音》把都市的声音作为主题："我尝试将难听的声音都想象成眨眼之间就会消散的烟霞，又想象它是由垃圾车熏散开来的臭气，可以在微风一拂以后湮灭。但总是行不通。……那夜我再走到嚣闹的旺角，那里比日间更能容忍噪音的存在，我拿出两支手枪，站在千万行人与小贩的面前向他们扫射，倒下后竟不是一片宁静，却是人们不倦的叫声笑声说话声和吵架声，我仰声大叫，醒了。我摸着床头的菜刀，想着人们被割破喉咙的情形……"小说结尾处的暴力场面过于血腥，但贯穿全篇的声音恐惧（以及少言和妙音这两个人物叙事角度的微妙切换）委实精彩。小说发表于《第二十四届青年文学奖文集》[1]，但获奖是在 1996 年（"第二十四届青年文学奖"小说高级组亚军）。和《心情》一样，我们将获奖和参加公开展览也视为某种形式的"发表"，因而收入本选集。

　　香港近年短篇另一个值得注意的重要特点是："爱情即战争"。三角四角恋爱的"情场"多数是流行小说的"战场"，"五四"新文学主要表现热恋者与传统社会之间的矛盾，而现在香港比较严肃的小说则侧重于分析发生在热恋男女或热恋同性之间的

1　青年文学奖文集筹委会：《第二十四届青年文学奖文集》，香港：获益出版，1998 年。

"爱情战争"：提防、猜疑、试探、防范、进攻、躲闪、计谋、策略、犹豫、迷惑……发表在《素叶文学》上的短篇《孔晴》，文字细碎烦腻得很有特点，故事在啰唆平淡中渗透张力：女秘书很多次搭乘上司的车，经过无数的心力角逐，最后还是没有发生什么事（或者说不知道会发生什么事）……不知道这是不是每天在中环、湾仔、铜锣湾发生的"典型"的香港爱情故事？其实，"男女爱情战争"的战火源于上海（张爱玲的《传奇》），"同志爱情战争"在台湾战事更加激烈，似乎只有第三种"爱情战争"才可能是香港的首创。这种情爱故事既不发生在男女之间，也不爆发于同性之中，而是所谓"一个人的战争"：电影中有"东方不败"的神秘双身，小说里则有董启章制造的雌雄同体安卓珍尼。黄碧云和董启章是近年来香港最引人注目的两位小说家。前者的创作根植于情感心创，所以温柔暴烈，快意恩仇，激愤张狂；后者的灵感则来自理性实验，所以能把玩形式，制造突破，解构理论。如果说前者的艺术是一种"病"，一种痴迷，后者的书写则是一种冷静的"后设"。《安卓珍尼》讲述女主人公烦腻了丈夫在半山豪宅里的呵护统治，到大帽山探险时终于又害怕原始野性的男人，最后在她所寻找的单性繁殖的动物"安卓珍尼"身上找到了自己。小说在台湾获奖时得到平路、钟玲等人的激赏，被认为是"以女性视角而反思男性沙文主义的精辟处……触及了性别问题的核心，直指繁衍这件事的本质"。其实，在别处（如短篇《皮箱女孩》）董启章解析渲染男性的性幻想也可以像罗贵祥（《爱吃消夜的二哥和夜光表》）一样出神入化。在有意识背负香港作家的使命感而写作的《地图集》《永盛街兴衰史》中，董启章建构身份认同的努力也颇有成效。按照他自己的说法："小说发展到现今这样的地步，其基本形态差不多已经完全确立，其可能性好像已经消耗殆尽，连什么离经叛道的反小说实验也已经山穷水尽了。"所以，"与其说我是在写小说，或者是创作小说，不如说我是在模拟小说"。董启章的这种有关小说创作的理论与实践，也代表了近年香港文学发展中很有意思的一种文学（文化）现象。

　　当然，香港小说的魅力之一，就像这个城市一样，很难用一两个所谓"主流现象"来加以概括。同样契合甚至带领青年人的阅读潮流，关丽珊的《青鸟》（和她认真编选的很多新人小说集一样）清新浪漫，潘国灵的《我到底失去了什么》色彩奇异，陈洁心的《铁轨上的掠影》更加飘忽反叛。收入本选集的黄碧云的《心经》大胆描写中国新变化（港人在内地开厂、失火又遇女人等），笔触是一贯的细柔狂暴，细节画面却比她过去《双城月》等奇幻怪诞的"文革"想象要"现实"具体得多。颜纯钩的《耳朵》和许荣辉的《鼠》同是以荒诞解析正常的力作。比较以往的"五四"小说或当今的香港散文，香港小说中以讽刺幽默见长的作家似乎不多。李默发表在《明报》上的《改头换脸之旅》不失为一个尝试。读到崑南《鲸变》这样充满悟性的短篇我实在有些惊喜，部分原因大概是自己是从契诃夫、莫泊桑那里开始读短篇的，虽然现在已生活在充满"创意媒体"的后现代，对各种长短文体实验已见怪不怪，但可能骨子里对短篇小说，还是有一个比较 classical 的"偏见"……像董启章《地图集》、钟玲玲《玫瑰念珠》以及钟伟民、李碧华、也斯等人的一些近作，虽然从文字看我很喜欢，但终于不知如何在文体上切割到"短篇小说"的定义中去，所以最后只能割爱。西西也许有些例外，《骨架》是一个典型的短篇（内容也是讨论短篇写作），《浪子燕青》却是一种前卫大胆的文体实验。两篇作品均收入本选集［《香港短篇小说选（1994—1995）》也曾收入黄碧云的《失城》与《呕吐》］。

本选集与《香港短篇小说选（1994—1995）》几乎是同时编选的。具体编选过程经历了前后大半年。我的办法很简单，自己先读作品，阅读之前尽量少看评论（评论也确实不多），少听别人意见（谈论小说的人也不多）。我"通读"了这几年的《香港文学》《素叶文学》《香港笔荟》《香港作家报》等刊物以及《明报》《星岛日报》等报纸的文艺副刊，也翻阅了大部分在这几年出版的香港作者的短篇小说集，还浏览了诸如《良友》画报甚至《明报周刊》等有时刊登小说的流行杂志等。我的体会是，香港不是很少人写小说，而是很少人评小说。在阅读几百上千个短篇的过程中我列出初选目录，这时再设法听取一些专家（大都是学院中人）的意见。我应该在此向黄子平、王德威、刘绍铭、刘以鬯、梁秉钧、陈炳良、西西、何福仁、许迪锵、郑树森、颜纯钩、王璞、黄继持、小思、董启章、蔡嘉频等同行师友表示感谢。他们或者给我提供详细意见，或者只是稍加指点提醒，却都对本书的编选有很大的帮助。此外还要感谢我在岭南大学中文系的很多学生，他们不仅热心给我推荐具体作品，更重要的是让我分享他们真实的细致的阅读体会，有时各抒己见，争论激烈。他们中间有些人颇热爱创作，他们是我想象中的《香港短篇小说选》的基本读者。或许过几年他们就会成为《香港短篇小说选》的作者之一，也未可知？

当然，一定会有很多好作品和重要作品被遗漏，入选的小说也可能在很多人看来不是好作品或重要作品。好在香港现在开始有很多不同选本，或者可以互相补充，从不同侧面显示香港文学的佳作精品及发展趋向。

［本文系《香港短篇小说选（1996—1997）》序言，

收入本书时有改动］

香港的纯文学与流行文学

一　纯文学与流行文学在概念上的区别

有一些相关的概念首先需要澄清。现在香港大多数流行文学也就是通俗文学,但这并不说明"流行文学"在概念上等于"通俗文学",只是说明在今天的香港,以及世界上很多地方,通俗文学是最流行的文学。在另外一些时空条件下,诸如《钢铁是怎样炼成的》《麦田里的守望者》之类可能并非"通俗文学"的小说也可以非常流行。在北京、上海的读书市场,最近余秋雨的书常占榜首,成了中国大陆的"流行文学"。余先生大概并不高兴人们称他的散文是"通俗文学"。人们不喜欢"通俗文学"这个概念,可能也是因为"通俗文学"容易与"俗文学"相混淆,然后与"雅文学"对立起来。其实在中国文学史上,"俗文学"(民间文学)常常被视为推动文学发展的动力(比如"白话文学"等)。不知道今天香港的"通俗文学"在多大程度上也具有文学史上"俗文学"或"民间文学"的这种变革语言、创新文体的新鲜活力？还是更接近于法兰克福学派所批评的"大众文学"？因为与"通俗文学"相比，"流行文学"好像更强调消费、流通、接受、包装等"文化工业"的意味。

"纯文学"有时也被人称为"严肃文学"，但我以为不妥。道理很简单，难道"流行文学"或"通俗文学"的创作就可以不严肃吗？严肃的创作态度不应该是某一类文学的专利专职。另外，称"纯文学"为"高雅文学"或"经典文学"（Classical）也有问题。"高雅"的反义词是"低俗"，流行文学当然不一定低俗。流行音乐常与 Classical Music 相对而言，但在小说领域，我们发现，最流行的小说常常使用较传统的叙述手法，反而"纯文学"每每标新立异，令人看不懂。事实上，出色的纯文学与成功的通俗文学都可以是"经典"。"纯文学"三个字其实就是最好的定义：纯粹是文学，不具有外在目的的文学，为文学的文学。

纯文学和流行文学两者的区别不易划分却很重要——尤其是在香港讨论这个问题。不少中文系的同学认真地问我：为什么小说要写得令人"看不懂"才算纯文学？电影要拍得"闷到死"才算文艺片，才能得奖为港争光？为什么大多数人喜欢的文学在文学史上常常不占最重要地位？买衫买楼人人都尽量揾高档——流行服装 Gucci、Prada 可以卖得很昂贵，为什么在文学艺术方面大家并不攀高雅，而宁愿追看浅白明了、通俗易懂的流行小说、连续剧甚至漫画？是不是大家都缺乏或不舍得花"文化货币"（艺术修养）？难道大多数人的选择是错误的吗？（最

后这个问题提得很深刻）

　　一般说来，通俗文学（流行文学的主流）的目的与功能就是"娱乐"：给读者提供消闲、趣味和快乐。纯文学的目的与功能则是一个抽象的概念："艺术"——创造形式、变革语言、探讨人性。中国古代的士大夫文学以及"五四"新文学中还可以梳理出纯文学及流行文学之外的第三种文学形态，即经世致用、启蒙救国的"社会文学"，以教育、批判、宣传为己任——在中国香港以及美国、日本等经济发达的地方，这种救世文学并不多见。

　　从表现内容看，纯文学主要探索个人独特的情感与心理，常常越是病态怪诞的情感心理越值得探讨，往往是作家自己也把握不准的情绪心态（童年心病、不道德恋情、畸形心理等）比清楚的理念欲望更值得表现。"社会文学"则主要在理性层面抒发社会政治热情，越能体现群体利益的社会激情越有价值。而通俗文学主要宣泄人的一般欲望：性、暴力、财富、权力，满足的是大多数市民的白日梦。十几年前我在《文学评论》杂志上发表过一篇论文，专门讨论纯文学、通俗文学和社会文学之区别，其中有这样一段话："放下书本走出剧院，你很明白自己并未得到多少深刻的思想启迪和艺术感悟，但又觉得阅读和看电影的过程不无乐趣。徒'乐'无益地看什么呢？借用一句对舞蹈移情效果的谷鲁斯式的概括，那就是'看他（或她，即演员）怎样替我的感官精力在运动'，比如'力量型'通俗文学，少林和尚或西部牛仔难道不正是在替那些斜靠在松软沙发上体内却隐有些发热的人们挥拳拔枪、受伤淌血吗？这是否意味着人们在努力寻找舒适安逸的同时，又总有某种显示'体能'（说得好听是'勇敢强悍'，说得难听是虐待狂与被虐狂倾向）的潜在欲望存在？又如'好奇型'作品，福尔摩斯、波洛们难道不正是在替那些生活有序、安分守己的人们窥探隐私、追逐悬念甚至排遣无意识的犯罪感吗？这是否证实好奇乃人之天性，而'智力'永远渴望证明，道德操守也总是需要考验。再如'梦幻型'作品，幸运的美女（很可能是哪位伯爵丢失的私生女）难道不正是在替那些挤车买菜、睡阁楼说梦话的纺织女工们出入别墅宫廷巧遇'白马王子'吗？这是否证实人们的生活越是紧张单调也就越需要'白日梦'来润滑调剂？……如果在深邃的探索文学或群体倾向鲜明的社会文学中也想寄托梦境，宣泄精神欲念的话，人们难免要被迫付出思想矛盾、道德迷乱、灵魂受审之类的心理代价，所以尽管明知武侠、侦探和言情小说带来的审美快感肤浅短暂、转瞬即逝，人们还是愿意不断接受这种不仅比较容易取得而且也比较轻松即能解脱的心理陶醉。"[1]写这段文字时我看的通俗文学其实很少，从那以后我主要住在洛杉矶和香港（碰巧都是娱乐工业的基地），至少看了几百部好莱坞电影，却发现自己当初对通俗文学功能的看法，几乎一字都不必修改。

从创作过程看，通俗文学是"共创"的——作家、读者、编辑、评论家以及文化经纪人共同参与创作过程，这一点非常重要。理论上，读者需求是第一位的。作者在开始创作之前，就必须

1　许子东：《新时期的三种文学》，《文学评论》1987 年第 2 期。

有意无意地考虑这个作品的可能读者以及他们的阅读期待。但在技术上，扮演经纪人角色的编辑非常重要。比如现代中文通俗小说的经典——张恨水的《啼笑因缘》，源于上海《新闻报》主编严独鹤北上约稿，严独鹤说"上海读者要看武侠"，这就决定了张恨水的最初构思（以及他对假想读者群的基本判断）。这也是小说中侠女关秀姑父女线索的由来。接着张恨水又听取了上海朋友左笑鸿（评论家角色）的建议。当然这时的张恨水已是满足市民白日梦的高手，一些才子救贫困风尘佳人（樊家树爱上歌女凤喜）的情节几乎就是张恨水自己的家庭生活。但他对高翠兰真实故事的改编，却既迎合了公众市民心理（美女跟随军阀，最后不得善报），又稍稍偏离大众读者的阅读期待（女人贪钱而堕落，也有自愿与可理解的地方）。但是小说连载到一半，张恨水到上海与明星电影公司洽谈今后的电影版权事宜，发现上海市民每天排队买《新闻报》等着看樊家树在歌女凤喜、侠女关秀姑与洋派小姐何丽娜之中究竟选择谁。这时张恨水（以及今天的很多后续者，从早年金庸到《真情》编剧等）便不能"自作主张"，而必须"先人后己"了。《啼笑因缘》最后描写世俗梦破，对乡土侠义敬而远之，现代都市生活方式取得胜利。我常常怀疑，如果这部小说不是在上海而是在北方的报纸上连载，男主角最后会不会爱上侠女？张爱玲说张恨水的作品能代表一般人的理想，其实好的通俗文学总是共创的——读者市场的反应决定着通俗文学的生命。反讽的是，最看不起通俗文学玩物丧志的社会文学，其实也是共创的，也是越代表大众意愿越成功，也要处处考虑如何引导读者、教育读者。在作家个人意志与大众意愿有矛盾冲突时也不能"自作主张"而必须"先人后己"。可以"自作主张""特立独行"甚至"目空一切"的，只有纯文学——因为纯文学必须是"独创"的，常常越与众不同越出色，越有文学史价值。作家必须设想自己就是读者，自己的问题就是世界的问题，这样才可能在语言文体上修改作家与读者间无形的阅读契约，才可能在情感、心理及道德层面挑战常规。所以纯文学不"流行"也很自然。有时先锋迅速成为明星，场面可能也颇难为情。

加州大学尔湾分校米勒教授（J. Hillis Miller）提出过一个有趣的问题："为什么我们一再需要'相同'的故事？……当孩子坚持要大人一字不易地给他们讲述同样的故事时，他们是很懂这一点的。如果我们需要故事来理解我们的经历的含义，我们就一再地需要同样的故事来巩固那种理解。这种重复可能重新遇到故事所赋予的生命的形式而得到证实。也许有节奏的重复方式具有内在的娱乐性，不论那种方式究竟是什么。同一类型中的重复本身就令人愉快。……我们之所以一再地需要'相同'的故事，是因为我们把它作为最有力的方法之一，甚至就是最有力的方法，去维护文化的基本的意识形态。"[1] 我们显然可以借用米勒教授的说法来认识流行文学（通俗文学）的另一个重要特征，即"重复"与"模仿"的哲学基础。但米勒教授也谈道："为什么我们总是需要更多的故事？……也许我们总是需

1　见 Frank Lentricchia、Thomas McLaughlin 编：《文学批评术语》，张京媛等译，香港：牛津大学出版社，1994 年，第 93—96 页。

要更多的故事是因为在某种意义上故事从未令我们满意。"在象征的意义上，我们可以说流行文学就是以重复节奏充满内在娱乐性地巩固常规意识形态的"相同的故事"，纯文学就是不满现有故事，挑战常规语言、文体及主流意识形态的"新的故事"。前者肯定我们的经验，后者挑战我们的经验。归根结底，流行文学与纯文学的区别就在这里。

二　香港通俗文学的文学史意义

流行文学与纯文学的区别其实只是在小说、音乐领域比较重要，诗歌创作界似乎没有太多关于流行诗歌、通俗诗歌的讨论，散文创作中的流行文学与纯文学界线也不太明显。如果放在20世纪中文文学的文学史框架里看，香港的流行的通俗文学似乎比香港的纯文学更加重要。诗歌、戏剧、短篇小说等当然也有成绩，但比较能够代表香港文学贡献的，还是以金庸为代表的现代通俗小说，以及香港散文（包括专栏）对"五四"散文传统的发扬光大。

我在一篇题为《假如没有"五四"》[1]的短文中提到"五四"以来中国文学大致有四条发展线索。第一条主线从陈独秀编《新青年》、鲁迅写《呐喊》，到茅盾、丁玲、巴金、夏衍、沙汀、

1　《明报月刊》1999年第5期。

艾青等作家的集体努力，经过抗日救亡与延安的转折，发展为后来的作协文联，一直到"文革"后"干预生活"的主张，以及 90 年代张承志等人的"以笔为旗"……相信文学应该唤醒民众、疗救社会，是这些主流作家对"五四"文学传统的基本诠释。第二条发展线索从胡适、周作人及鲁迅的《野草》开始，经过郁达夫、闻一多、徐志摩、沈从文、老舍、施蛰存、梁实秋、林语堂、丰子恺、傅雷等很多作家合力维护，坚守艺术本分、坚持文人道德的传统延续至今。这条线索与启蒙救世传统既常常对立又每每互相纠缠，很多作家都要在这两种倾向之间做"艰难的选择"。这条线索也包括周作人的散文后来通过《雅舍小品》的发展，一直影响延续到余光中、董桥、刘绍铭……这就是香港散文的纯文学脉络了。

　　努力启蒙救世的作家大都是"职业文学工作者"，崇尚艺术的文人大多在大学教书，两派作家都是高调知识分子，也都共创并分享欧化白话文的语言现实。但在第三条文学发展线索中，却有很多人办报，或者常为报纸写作：从包天笑、周瘦鹃、秦瘦鸥、张恨水，一直到金庸、倪匡、李碧华……鸳鸯蝴蝶派及武侠、科幻、当代言情小说在文学史上的重要性在于，不只拥有着 20 世纪大多数识字的中文读者，而且也在文学语言及艺术功能两方面有意无意构成了对"五四"文学的补充与挑战。新文学当初的起步就是《小说月报》更换主编，向"礼拜六派"娱乐消闲游戏文学宣战。半个多世纪后刘宾雁在上海所有弄堂都听到连续剧《上海滩》主题曲四处回响，他说他十分心痛：我们新文学奋斗几十年，难道人民群众就喜欢这些？——正是在香港通俗文学的冲击之下，很多内地作家才开始反省新文学的道路。这时人们惊讶地发现：真正做到所谓"人民大众喜闻乐见"的其实是金庸，而金庸小说也是"先普及"（连载、畅销、盗版），"后提高"（近年来迅速成为大学研讨会及研究生的课题）。金庸说他喜欢张恨水，他的境遇与张恨水不同。张恨水后期努力写抗战，颇希望进入启蒙救亡主流行列。听说后来张恨水的家人很不喜欢研究者将他们的父亲归入鸳鸯蝴蝶派——"五四"传统的意识形态压力由此可见一斑。金庸近年来也称道巴金等忧国忧民，在岭南演讲时虽然明言对"五四"欧化语言之不满，却又对诸如残雪之类的纯文学表示困惑，显示出"大侠"对自己作品的文学史地位的某种关注。

其实"大侠地位"早已确立。或许无须纳入启蒙救世主流，金庸的价值恰恰在于将鸳鸯蝴蝶派张恨水传统发展到一个可以挑战与补充"五四"文学的角度。第三条线索也要和前述的"救世责任""文人格调"联系起来，才能显示"大众口味"的重要性。

三　纯文学在香港

诚然，从 20 世纪中文文学的背景看，金庸等人的通俗小说影响广泛，贡献独特。但是从香港文学乃至香港文化环境自身发展的角度看，我以为更重要的应该是香港的纯文学。

前面简单谈到"五四"以来中国文学有四条发展线索，启蒙救世的社会文学与文人传统的自由主义文学主要在内地一直互相抗衡、互相影响，娱乐通俗的流行文学从鸳鸯蝴蝶派一路发展到香港，而香港的纯文学从历史脉络看，主要和第四条都市感性文学与现代主义的线索有关。具体地说就是和张爱玲有关。

张爱玲和钱锺书同样在 40 年代的上海开始写作，他们笔下的读书人也都全无救世姿态。《围城》《传奇》当然各有拥众，但《传奇》的后继者显然更多。因为钱锺书居高临下的嘲讽，也还是周作人、梁实秋的高调士大夫立场的延续，再加上比林语堂更加欧化的幽默，而张爱玲则像她所欣赏的张恨水一样，不避通俗，且不以小市民价值观为耻。张爱玲多了英语写作能力与现代主义视野，所以不会像张恨水那样在"五四"主流前自惭形秽，反而能将张恨水的章回语言变成对"五四"的有意反拨。实际上，张爱玲的文学史意义就在于她将我所谓的第二（文人立场、艺术尊严）和第三（大众品位、市民趣味）线索交织在一起，然后自然开出一个新路向：张爱玲像周作人、沈从文、施蛰存、钱锺书一样怀疑"五四"的激烈反传统与过于急切的救世责任，又从张恨水那里获得改良"五四"欧化语言的方法。后来很多既不满"五四"传统又关注"五四"课题的作家，都在张爱玲那里看到了某种新的可能性。这些作家构成了 20 世纪中国文学的第四条发展脉络，从张爱玲到白先勇、苏伟贞、李昂、朱天文，到西西、钟晓阳、李碧华、黄碧云，到王安忆、贾平凹、苏童、须兰……

国内学界对任何将张爱玲和鲁迅并论的可能话题都很敏感，

这恰好说明了张爱玲已成为鲁迅之后现代文学史上的又一个神话。前者是一个离开乡土的、以西方小说格式感时忧国的高调知识分子的男性叙事神话，后者则是一个迷恋都市的、混合现代主义技巧与《红楼梦》语言的市民趣味的女性感官"传奇"。他／她的重要作品都不多，却被后人越读越大。他和她都是内心极其孤独，却都有很多追随者。张爱玲对香港纯文学的影响之大，很像鲁迅之于内地文坛。

　　为什么张爱玲对香港文学影响深远？只要重复刚才那段有关张爱玲的描述就可以了——第一，迷恋都市：香港文学本质上就是都市文学，与大多数中国现代作家总要在"乡土"安身立命有很大不同；第二，现代主义与传统小说语言的结合：海峡两岸及香港之中，香港最早介绍实验现代主义，香港也最少受"五四"欧化影响，文化、文字都比较传统，比较"鸳鸯蝴蝶"，所以最容易出现从旗袍袖口花边剪出的现代主义；第三，最重要的所谓"市民趣味"包括两个层次，一是通俗形式商业包装（张爱玲是极少数不回避流行杂志和通俗出版社的现代作家），二是对小市民生活价值的理性肯定（以市民阶级的历史社会观挑战"五四"主流意识形态）；第四，女性感官：张爱玲作品既有女性主义的立场（《自己的文章》认为"常人的文学"表现人类的妇人性与神性），又从生活感性层面批判理解女性弱点（应该花男人的钱，婚姻乃长期卖淫等）。从浅水湾酒店的"倾城之恋"以后，爱情故事的主战场便从男女与社会之间转到男人与女人之间，"爱情战争"的结果并不重要，游戏过程便是一切。

　　回到今天的题目，我想最有意思的是张爱玲的"大俗之雅"。

张爱玲把作品交给"皇冠"包装，自己却在洛杉矶自我流放，悲壮凄凉。她虽不拒绝"流行"，骨子里却是真正的"纯文学"。这使我想到，今天受她影响的香港作家，是否一定要在"流行"的"市民趣味"或者"小众"的"纯文学"两者之间做痛苦选择呢？

我在中文系课堂上问过这个假设性的问题。结果回答说坚持小众文学与致力流行文学的同学人数差不多，但更多同学说：可不可以先写流行文学赚些钱，以后再弄纯文学？行不行呢？我很怀疑。

环境的确不利于"纯文学"，职业作家很难做。香港虽然报业发达，中文稿费（与平均生活水准比较）却不高。不少专栏作家每天要写几千字。经济文化环境使得《素叶》的作者们一年版税稿费不超过大学讲师一周人工费。像李碧华等这样有天分的作家，每天定时限量流出灵感。他们仍然常有佳作，真不容易。我总觉得他们或许应该写得少一点——为了文学的理由。美国的流行小说作家在经纪人的帮助下，有时一本书赚数百万。但纯文学作家（尤其诗人），很多都有别的职业，比如在大学教书。回想30年代上海，作家也大都是"皮包教授"。写流行小说的则多数与报纸有关系，比较容易"共创"。香港的作家当然不必也不可能像内地作协那样成为"专业作家"，但偌大都市，有十几个人因创作成就而获得一些与文学、教育有关的公务员位置或教职，应该也不是过分的要求吧。

当然，怎样知道谁的创作成就，便是另一个复杂问题。我最近在为"三联"编小说选，读了几百上千篇作品。我发现香港不是很少人写小说，而是很少人评小说，很少人谈论小说（是否真的很少人读"文艺小说"，我不敢说）。说起来我们都有责任。香港报纸那么多专栏，有没有比较固定的"新作评介"？每年或每两年都有中文创作奖，有没有报纸约人写专业一些的评论总结比较？对于艺术发展局的资助成果，有没有系统的文学角度的评论？

评论其实主要不是为了作家，而是为了读者。有教授在北大，辛苦说服大学生金庸作品和鲁迅一样出色；可是他在香港的大学却要同样辛苦才能说服大学生鲁迅作品在某种角度看和金庸一样出色。我问过刚入大学的学生最喜欢读的文学作品，回答除了李白、苏东坡等古典文学外，主要就是金庸、倪匡、亦舒、张小娴，也有少数提到张爱玲。值得注意的是，很少同学提到翻译小说——偶有提及，也是村上春树，而不是川端康成或陀思妥耶夫斯基等。已读作品当然影响甚至决定人们对文学的基本理解，再加上从事流行文学还有很多现实的好处，所以我一点也不担心香港流行文学的繁荣前景［我反而觉得香港的大学生，已经对流行文化（尤其是电视）缺乏批判意识］。我有时在想，如果中文系的学生也不读《素叶》，这是谁的错？香港的文学爱好者可能学张爱玲"流行"的一面比较容易，学张爱玲"悲凉"的一面比较难。

（本文为1999年8月4日在香港文学节专题研讨会上的发言，是日会议主持人黄继持教授当时就坐在我右边，记忆犹新）

20世纪90年代香港小说与『香港意识』

香港三联书店出版的《香港短篇小说选》双年选本，十几年来一直比较注重收选香港的"文艺小说"，通常并不包括坊间十分流行的武侠、言情或其他畅销小说。本来小说就是文艺之一种，小说当然应该具有文学性和艺术价值。但在香港文化的特定语境中，"文艺小说"的确比"纯文学""严肃文学"等术语更具明确内涵，不容易产生误会。当然，有意追求文艺性的小说，其实也并不一定必然比其他类型的小说更具文学性。武侠、言情等流行小说也可能有很高的艺术价值。在传统上，香港"文艺小说"所具有的意识形态功能一向相当有限。从来都很少有香港的中短篇小说会引起市民大众广泛注意，进而影响一代社会思潮甚至改变香港的文化、教育政策，也罕有小说家会因其创作而进入政府公务员体制，同时直接或间接地影响政治生态。在香港，文学影响改变社会主流价值观念系统的作用，不仅不如马会、电视等大众娱乐工（商）业来得直接明显，而且在文学范围内，"文艺小说"的社会影响一般来说也不及报刊上的专栏散文或武侠长篇小说。

但即使是在社会上如此边缘化的"文艺小说"，在20世纪90年代却也有意无意地承担起建构、改造香港主流意识形态的使命。这种意识形态，就是今天很多人在讨论的所谓"香港意识"。具体到中短篇小说中，就是种种形态不同、技法各异的"此地是他乡"的故事，就是一种"失城文学"。

本文着重讨论两个问题：第一，"此地他乡"的不同类型在1997年以后出现了什么样的变化发展？第二，与主流文化形式（电影、电视、报刊、专栏、武侠小说等）相比较，"文艺小说"在意识形态层面建构与维护"香港意识"的策略、方法有何不同？

一

笔者在为香港三联书店编选《香港短篇小说选》时，主要考虑作品在艺术方式和方法、语言意义上是否是"好作品"或"重要作品"，至于这些小说的题材、主旨、倾向等，在初选时并不特别注意。正因为选择过程中只关注"怎么写"，编成书后反而有可能"客观"地去讨论这几十篇比较"好"（或比较"重要"）的小说究竟在"写什么"，并思考这些在内容上被"偶然"选择的作品在多大程度上能够显示这一特定时期香港作者与读者通过小说所共同关心的话题。如果以黄碧云短篇《失城》来形容

90 年代的香港文学主流倾向，笔者以为不仅仅因为小说题目契合一个时代的政治文化焦点（就像用卢新华短篇《伤痕》来概括"文革"后中国文学潮流一样），而且也因为《失城》本身的故事结构概括着我所谓"失城文学"四个类型的至少前两条线索："漂流异国"与"此地他乡"。小说在时间与空间上都有三个层次的选择。时间结构上以陈路远、赵眉一家为主线，先是因为"九七忧虑"而离开香港移民北美，然后又觉得加拿大也"是一座冰天雪地的大监狱……"[1]，因此，从一个城市漂流到另一个城市，离乡背井的精神危机逐渐演化成丈夫对妻子出于爱欲的杀意以及母亲对孩子的半疯狂虐待。终于，已经在下意识里"渴望赵眉及孩子的消失"的陈路远逃回香港，"然而我已无法再认得香港。"在对"我城"的陌生以及恐惧压迫下，陈路远最后在巴赫大提琴伴奏中用大铁枝杀死了妻子、四个孩子及家中的大白老鼠，并冷静地请邻居报警。与上述离城（失望）—漂流（再失望）—回城（绝望）的三次时间意义上的选择并存并置的是小说中三个主人公的不同选择：陈路远这个有原则有心志的香港人（港大旧生）又"坐洋监"又同流，固然走投无路，审理此凶杀案的即将退休的英国警官伊云思其实也是一位与陈"异病同因而相怜"的"失城者"[2]，更不应忽视的是第一时间目睹杀

1　黄碧云：《失城》，引自《温柔与暴烈》，香港：天地图书有限公司，1994 年，第 193 页。

2　伊云思警官在审问杀人犯陈路远时，小说这样描写："他毫无所动地看着我，就像有谁，有什么，在他里面死了。我心头一动，像看到了我自己。"（《失城》，第 189 页）后来警官提早退休，去精神病院看望已判终身监禁的陈路远，"陈路远见着我，像儿子见到父亲，很高兴而又有点拘谨，安安分分地坐着。"（同上书，第 213 页）这些段落似乎很值得从"后殖民论述"等文化研究角度去寻味。

人现场的邻居詹克明，身为救护员与殡仪经纪的詹克明、爱玉夫妇，好像只是见惯残酷的冷静旁观叙事者，其实也是"失城"后的年轻麻木承受者，他们在浴缸中倒红酒"浴血"做爱的"时代末"颓废以及快乐痴呆儿的意象，可能比陈路远与伊云思的"失城"更令读者叹息。"痴呆孩子快乐地生长，脸孔粉红，只是不会转脸，整天很专注地看着一个人，一件事，将来是一个专注生活的孩子。城市有火灾有什么政制争论，有人移民又有人惶恐，然而我和爱玉还会好好地生活的。"[1]

如果说 90 年代前期香港小说非常激愤陈路远的绝望（偶尔也联想到伊云思的失落），那么近几年来作家与读者似乎更关心詹克明夫妇"由恐怖而生滑稽"的生活态度与他们那痴呆儿的"快乐处境"了。

近几年来"漂流异国"的小说明显减少。香港人的海外故事，当然是香港文学（乃至香港意识）的一个不可或缺的组成部分。重要的不只是作品在哪里写，更是写给谁看。比起郁达夫、闻一多、徐志摩或於梨华、白先勇等人的留洋心情，香港小说家笔下的海外生活更像"油镬""洋监"。这一方面说明移民者感觉自己是被迫离开，所以到哪里都特别怀念、热爱香港；另一方面，也因为这些有关异国的故事大都发表在香港的报纸杂志，主要满足没有能力"坐洋监"的香港读者的中文想象需求。值得注意的是这些描写异国漂流"坐洋监"的香港小说，在怀念香港的情感生活方式时，有意无意地包含着物质、经济理由（如

---

1 《失城》，第 216 页。

果纯粹从民主制度、个人自由角度，恐怕很难全盘将加拿大比喻成监狱），不知道这是否可以解释在 1997 年以后，香港人漂泊海外的故事有减少的趋势。倘若香港生活方式，"香港意识"的现实经济基础真的只是"喜欢饮茶，看《明周》，炒地产"，再加上跑马（这是下一章的话题），那至少暂时，"香港生活方式"好像并没有出现陈路远预期的戏剧性变化。绿骑士整本《壶底咖啡馆》文字和人情一般练达，都是为香港报刊读者而写的法国风景。激愤虽然少了，乡情婉转沉重。《回乡》[1] 一篇，写男主角为亲人的骨灰盒单独买机票回乡，引来法国机场管理部门怀疑困惑。无意中，最新的港人海外故事变成了传统的华人海外故事。不知是因为前者本来也"必然"可以归入后者，还是由于生活在法国的香港人"偶然"对香港报纸读者的需求变化反应灵敏？

不仅"漂流异国"的故事不多，从政治角度感慨"此地是他乡"的小说这两三年来也明显减少。在《香港短篇小说选（1998—1999）》中，像《失城》般可以读作时代转折见证的作品只有也斯的《后殖民食物与爱情》和文津的《老鼠》。同类感叹香港变化太快因而对"此地"突然产生陌生、恐惧感并因此要寻找、建构、保卫"我城"历史的作品，在 90 年代前期至中期，可以说是香港小说的主流。然而，短短几年，文学刊物明显增多了，可是这类激愤抗议宣示"香港意识"的作品却似乎一下子沉寂了。文学，真的那么容易那么直接受政治影响？

1　见《壶底咖啡馆》，香港：素叶出版社，1999 年。

也斯的《后殖民食物与爱情》中其实仍然贯穿"香港意识"的核心问题，即身份困惑。主人公居然有三个生日，大概每一个生日都不难被"后殖民论述"找出历史象征意义："当年父母偷渡来港，我是私家接生的，连出世纸也没有。长大以后去领身份证的时候不懂看英文就把当天的日期当生日写上去了。家里提的是中国阴历的日子；身份证上是应付官方的虚构日期；还有姨妈后来替我从万年历推算出来的日子，我备而不用，也没有真正核对过。就这样三个日子在不同场合轮番使用、随便应对过去……"[1] 作品里也有"此地他乡"的怀旧感慨，而且明显跨越了朝代："他记得前朝那高贵的暗绿色的法国餐厅——原来现在我们坐的地方不过是当时的厨房。即使向窗外远眺，穿过穿着鲜艳颜色旗袍的陈方安生和她的外国客人那一桌望出去，虽然依稀可见海港繁华的灯光，但也仿佛盛时不再：室内嘈吵了一点，人客随便了一点，酒杯上少了印好的字母，连侍者倒酒的手势也没有那么熟练。"怎么看待这种变化呢？作家同时拒绝了两种不同的态度："然后，而今，万紫千红，都过去了？就像那位专栏作家说的那样，她有一天看见这儿一位女侍应生脱下了鞋子，她由此就推论出香港的生活素质从此开始下降了？不，我知道不是这样的。没有这么容易就解释一切的公式。又或者说，贵族的特权的地方已经开放，成为一般人民的地方了？不，也不是这样的。"这种《剪纸》式的以二元文化对立想象来替香港争取"第三空间"的或真心或策略的努力，看上去很

---

1 《纯文学》（香港）复刊1998年5月第1期，第24页。

接近周蕾关于中英夹缝中挤出独特香港本土文化的愿景[1]:"一方面是民族气节高昂的电视爱国歌曲晚会,一方面是兰桂坊洋人颓废的世纪末狂欢……"但毕竟面临历史关头,作家笔下的香港主人公这一次更多一些真实的迷乱:虽然"我对什么大日子都无所谓。但在那段日子里我们也不能幸免地大吃大喝,荒腔走板地乱唱一通,又恋爱又失恋,整个人好似处于一种身不由己的失重的漂浮状态"。小说中借美食约会、靠好酒上床的"爱情"桥段其实只是副线,几百种食品的排比罗列却大有讲究。在近几年的香港文艺小说中,也斯的《后殖民食物与爱情》可以说是对"九七过渡"比较直接明显的见证了。当然,见证方式,却是婉转曲折,"食色,性也"。

　　同样可以被我们从政治文化角度作"创造性解读"(很可能是"创造性误读")的还有文津的《老鼠》。小说篇幅虽短,几个意象之间的关系却颇耐人寻味。住在酒楼上面拼命做爱又梦见半山豪宅的米奇、米尼是香港新一代,卫生不佳的酒楼以及从酒楼爬上来的老鼠好像正面临被消灭危险的本地世俗,两个年轻人又搬来一张清代的太师椅。"黄梨木的纹饰里,还飘着陈年的几丝迷迭香,可能还有鸦片香。他们也拥抱着,嗅着对方的体香。……这张太师椅一直等待复辟康雍乾正大光明的百年

1　"后殖民的香港乃被夹于两种殖民文化……中间的受害者……,独特的香港本土文化——一种糅合中西的大都会混杂文化——已经历史地在中英间的夹缝中产生。"转引自孔诰烽:《论说六七》,见罗永生编:《谁的城市》,香港:牛津大学出版社,1997 年,第 92 页。

盛世，想不到现在等到的是一对赤裸的男女。"[1] 小说结尾时男女主角已分手一年，米尼最怀念的不是太师椅上荒唐的做爱姿势，而是酒楼倒闭时的哀伤平静。"很久很久以后，她都记得那种感觉：她的手捏着用报纸包好的鼠尸，软绵绵的，那种感觉就像握着米奇的身体，不会恶心，只是一切都过去了。"

这只是一篇情场笔记吗？

二

20 世纪 90 年代中期比较活跃的"失城文学"的几个类型，如上所述，"漂流异国"和"此地他乡"的故事近年来或者明显减少或者变得委婉曲折，新旧移民的怀旧小说依然存在，但是获得引人注目发展的却是第四种表现"城市异化"的实验小说。

王璞近年来的创作确实可以说形成了一种新的怀旧小说格式：在香港安宁生活着的主人公总是突然碰到一件往事（一首歌、一个老友、一张旧照……），然后就立刻情不自禁从幸福的现实中抽离出来，在《丢手绢》[2] 里，旧照片使主人公和其他几个或发达或落魄的老同学新移民一起回想童年游戏的残酷性。在《真

---

1 原载《明报·世纪版》，1999 年 1 月 2 日。
2 《香港文学》1999 年第 9 期。

相》[1]里对一件导致弟弟受伤的封存往事的梳理，延伸出有关忘却与记忆的痛苦思考："这一来我们家就变成了一个没有历史、禁忌重重的地方，任何人一进了这道家门，就只说一些琐碎的现实小事……"这可以是指中原往事不堪回首，但又何尝不能是泛言任何对时间性的空间封闭？在《跳房子》里，在香港重逢小学同学并且发展成一段微妙关系，最后儿时游戏（即西西说的"跳格子"）又化为都市高楼无数房子窗口的现实。在《嘻嘻嘻酒吧》里，主人公因为无法抑制地哼出一段革命歌曲（"革命人永远是年轻，他好比大松树冬夏常青……"）而几乎不为现实所容，最后被医生诊断为"WK2 型强迫记忆性瘰诞症"。其实无论是王璞小说中的拉美魔幻自嘲技法，还是如黄灿然《青春遗事》[2]中郁达夫式的忏悔告白，或者黄燕萍获奖小说《又见椹子红》[3]中沈从文式的野俗乡风，这些小说中都牵涉到"香港意识"中"空间"（本土）与"时间"（历史）之间的复杂关系，牵涉到"调节记忆"与"无法遗忘"之间的矛盾。

　　所谓表现"城市异化"的实验小说，韩丽珠的《输水管森林》与《电梯》[4]可以说是很典型的文本。某种意义上，也是一种"此地他乡"之感慨，也是对眼前的都市风景、生活方式、存在秩序表示困惑惶恐、怀疑不安乃至抗拒排斥。不过这种心

1　《明报·世纪版》，1999 年 8 月 22 日。

2　《香港作家》1998 年第 11 期。

3　1999 年 12 月获第五届花踪文学奖（马来西亚《星洲日报》与香港《明报》联合主办）小说组冠军。载《文学世纪》（香港）2000 年第 3 期。

4　收入《输水管森林》，香港：普普工作坊，1998 年。

理上的"失城感"常常并没有特定原因，并不必然与诸如"九七忧虑"或金融风暴等政治经济因素直接有关，而是某种更为抽象的对都市（特定形态的香港都市）的陌生与疏离。在黄劲辉的《重复的城市》[1]中，代号 N184 的我每天驾着的士按固定时间表载客，然后在同一地点目睹乘客在抢劫案中死亡。只有依照导演指令，生活才能获得餐食并逐步升级。有一天乘客不按"剧本"死去，结果就被视为疯子，他的角色立刻被取代。小说荒诞得极其现实，城市人每日奔忙，不就是在重复已知结果的过程？曹婉霞《疲劳综合症》则描写一位辛苦勤奋工作二十年的文员在某一日忽然倒下，只是睡觉吃饭，别无病症。"高耸入云的商厦在夕阳的余晖中耀眼生辉，我眯着眼睛，注视着路上匆匆而过的行人，感到前所未有的平静安稳，在这儿跟我相像的人何其多呢。"[2]游静在《陪我睡》[3]中以下一代口吻说"香港人比较特异，不论是在 80 年代初香港经济最蓬勃，或 90 年代香港经济最 PK 的年代，我们的祖先都保持着每天平均睡眠时间最少的全球性纪录"。小说主角睡觉的姿态也很独特，躺在厕所地板上，仰望天花板、安全箱、灯罩……也不仅仅只有年轻一代在拒绝异化，老作家崑南的近作《ICQ 以外的介面》[4]从题目到细节也充满"离开这个城市"的放逐愿望。同类作品中最烦躁不安的是发表在《素叶文学》

---

1 《香港文学》1998 年第 9 期。
2 《素叶文学》1998 年 11 月第 65 期。
3 《明报·世纪版》，1999 年 11 月 9 日。
4 《明报·世纪版》，1999 年 11 月 21 日。

上的潘文伟的《芭比的世界》。不仅小说中的都市处在异化状态，小说叙述语言也在分裂、流动、摇晃，书生腔调一气呵成，意象并置浓得化不开："有若睡觉，愈饬令自己入眠便愈难睡着，结果焦灼氓氓睁眼不寝；同样，有人因此忘记生命舞步，有人遗失爱心钥匙。吊诡是：愈自觉则愈执迷，立志不在执着，本身亦不折不扣是一种执着……我从不睡亦不醒，我正身不由己。我用爱情事业家庭婚姻子女知识理想宗教革命酒精性爱赌博音乐媒体等麻醉自己（排名不分先后）……"[1]

　　除了崑南以外，大部分这些抗议都市异化的作品，都出于年轻作者之手。对韩丽珠、潘文伟一代香港人而言，只在意识形态层面"保家卫港"还是不满足。因为眼下这个城市，可能从来也不属于他们。整个都市生态都有问题。另一些较写实的作品，如邝国惠的《看楼》[2]、钟菊芳的《好鞋子》[3]等，也都从更具体更感性的角度，触及都市生态与现代心态之间的复杂关系。尤其是陈慧的《日落安静道》，笔致尤其朴素感人。我以为这些从抽象意义或具体感性细节上表达"失城"情绪的作品，可以说是 1997 年之后香港"文艺小说"的主要收获。

1　《素叶文学》1999 年 8 月第 66 期。

2　《香港作家》1998 年第 4 期。

3　《明报·世纪版》，1999 年 6 月 13 日。

三

还有一些出色的作品，很难归入上述"失城文学"的不同类型，与所谓"香港意识"的关系也更加曲折复杂。当然，无法用特定概念来概括一个时期的文学，于文学发展本身，恐怕并非不是好事。

一是黄碧云的《桃花红》，这是本选集中唯一一部中篇，主旨是女性命运，技巧比《失城》成熟，尤其是驾驭场面的能力，细而不乱，腻而不烦。二是董启章以英文 *The Catalog*[1] 为书名的中文短篇小说集，在印刷样式乃至挑战中文读者阅读习惯方面都有相当有趣的尝试。三是西西的《长城营造》与钟英伟《襄驿之战》，都是故事新编，或沉着笔记，或后现代"伪造"，都显示着香港历史小说之独特创意。四是《香港短篇小说选（1998—1999）》还有意收选了亦舒和李碧华的两个短篇。亦舒和李碧华的作品一向十分畅销，其实早已成为香港文学的一个组成部分。李碧华的小说近年来更成为评论界学术圈内有关香港意识、身份危机的热门话题。收入本选集的亦舒短篇《诺言》，描写女医生如何面对弟弟结交的曾受过心理、生理创伤的女朋友。作家处理家庭人伦细节很有分寸，尤其是小说末段，在温情中透出冷峻与无奈。《"月媚阁"的饺子》也许并不一定是李碧华在艺术上最纯熟的小说，色欲、政治、阴森鬼气却是她一

---

1 *The Catalog*，香港：三人出版，1999 年。

贯所长，同《胭脂扣》气脉相连。一个篇幅有限的短篇，却同时涉及港人"包二奶"社会问题、女人美容的心理根源、深圳的版图意义以及北方食品（水饺）的魅力与杀伤力，其中"人吃人"的方式与传统还同《水浒传》《狂人日记》的主题相衔接。相信文化研究工作者不难在其诡异布局的色欲游戏中，找到有关香港、有关城市、有关性别政治、有关殖民或后殖民或再被殖民或又去殖民等问题上新的阅读角度[1]。另外，我们也注意到亦舒和李碧华（恐怕还有别的畅销小说家）的文字越来越趋于精简、短促、跃跳，时时省却主语，在语言层面（叙事时间）上留下很多空白。与一些"纯文学"作家如西西、也斯等人的文句越来越长，越来越晦涩婉转、沉重难以言说的实验文体恰成对照，耐人寻味。

　　下面是几点简单的结论，或者说是由上面的作品评论所引出的若干问题。

　　20 世纪 90 年代香港的"文艺小说"在急剧变化的社会语境中依然处在边缘位置。与主流文化形式相比较，文艺小说在意识形态层面"保家卫港"的策略、方法很不相同：如果说流行文学、报纸专栏及电影、电视等主流文化有意以通俗、娱乐为本土特点，进而维护发展香港文化工业在华语世界及国际上的独特地位，那么纯文学小说创作则更强调都市形态的国际性，以各种形式的"越界旅行"以及后殖民、女性主义等后现代主义西方话题来寻找香港的"本土性"。两者共同见证并参与 90

1　该小说后来果然被拍成电影，由陈果导演，杨千嬅、白灵、梁家辉主演。

年代"香港意识"的觉醒与危机，但其间策略与目的之差异，值得注意。

香港主流文化如何形成"以通俗、娱乐为荣"的基本特点，其过程与原因颇复杂。最重要的原因恐怕一是在英语精英文化前维持大多数粤语人口的文化自信心，二是抵抗革命意识形态，保留传统民俗文化和维护市民生活价值。以上两个基本原因的优先次序可能早在90年代之前已经调换。但香港的纯文学除了也要抗衡上述两重文化影响以外，更要应对通俗、娱乐的香港主流文化（甚至是主流意识形态）的压力。这是香港小说创作相当独特的文化处境。

在90年代的香港小说（主要是中短篇小说）中，经常出现"此地他乡"与"失却城市"的主题：可能是漂流异国怀念故乡，可能是回到香港或根本没有离开却发现眼前的城市面目全非，或者是安居乐业的新旧移民在往事回忆中透露对城市的陌生感，还有人不仅对1997年前后的香港感到困惑，也对现代都市形态（噪音、建筑、生活方式）都感到疏离。本文企图分析以上几种"他乡"与"失城"故事类型在1997年以后的最新发展变化。简而言之，"漂流异国"的故事明显减少；"此地他乡"的感慨由激愤张狂（比如《失城》）转向戏谑婉转（比如《后殖民食物与爱情》）；新旧移民依然在往事回忆中显示对繁荣城市的陌生感，但艺术上最有收获的却是青年作家们对都市异化状态或荒诞或朴素的抗议。从"香港意识"的角度来看香港小说的近况，可以说香港小说进入了一个比较犹疑不定的时期。人们不再只是宣示"我们的城市""我们的故事""我们的小说"并呼喊"我们不是天使"[1],而是还必须思考我们究竟生活在什么样的城市？我们已经说了哪些故事和小说？我们不是天使，我们是什么？人们在以文学为工具来建构"香港意识"（毫无疑问，这是过去二三十年来香港文学的重要特点之一）的同时，也以文学方式反省"香港意识"（尤其是主流意识形态）的基础和问题。既思考中国现代文学中文学与政治的过分纠缠的经验和教训——"忧国忧民"的使命感怎样由"五四""感时忧国"后来走向"文章入伍""干预生活"或"抵抗投降"，也反省以市民价值、本土世俗对抗中原士大夫文化的同时，"香港意识"与岭南粤语地域文化习俗之间的微妙但又重要的区别。

如果说电视、电影、报纸等主流传媒企图以"本土方式"（肥皂剧、跑马文化、武侠传统等）来保持香港文化独特的国际地位，那么香港"文艺小说"就有意无意地更多采取"越洋越界旅行"的方法（现代主义技巧、"诺贝尔视野"、伪造地图、虚构食谱、东欧流浪，再配上巴赫大提琴曲）来寻找、建构、维系香港的本土意识。但在香港，主流文化与先锋小说并不截然对立，两者也有相通之处。在香港主流文化中，贯穿了某种理直气壮的俗文化精神（需要不断制造维修以难民恐怖记忆为基础的中原想象，因此庆幸市民有世俗物欲享受的神圣权利；或者在追求"平、靓、正"搵快钱之余怀疑装修的繁荣不可靠，所以又要忧心忡忡地赶紧快乐）。如果说香港主流文化是"真俗"（相对于

---

1 《我们的城市》《我们的故事》《我们的小说》和《我们不是天使》是四本作品集的书名，均由关丽珊主编，普普工作坊出版。均获香港艺术发展局资助。

内地某些知识分子喜欢集体"扮雅"而言），那么香港很多作家就比较喜欢"扮俗"。（不知谁是"真雅"？）《经纪日记》其实在方言入文、表现世态、刻画人情等多方面都很有文学价值，但三苏从来说自己只是"写手"。被认为是代表某种集体想象的《我城》，或偶然或必然的是以童稚手法"零度经验"配上漫画"扮傻"叙述。回到本文开始时讨论的《后殖民食物与爱情》，也斯有意将夫妻肺片、糯米酿猪大肠与各种西方美食并置一桌，显然也在挑战"后殖民时期"食物（岂止是食物）的固有阶级、民族与文化秩序，甚至暗示"第三空间"的前景。既然作者认为香港不能够"不是只有明天就是没有明天"，我们现在应该生活在怎么样的"明天"呢——主人公觉得香港的法国菜已经退化，川菜因为民族主义的批评而走味，小说中较受尊重的还是"世伯"的传统粤菜鲍参翅肚，但最常出现的却是夫妻肺片与意大利面条、葡式鸭饭、日本寿司共存并置，最理想的是"那些混合不同文化的食谱，带着法国风味，又有独立的泰国的辛辣与尊严，仿佛还在我的口腔里萦绕未散"，然而，作家又马上对自己的憧憬表示怀疑："但它是真的存在过，还是只不过是我想象出来的后殖民食物而已？"

最后这一段，是否可以换一个词语："但它是真的存在过，还是只不过是我想象出来的'后殖民小说'的'香港意识'而已？"

［原载《清华大学学报》（哲学社会科学版）2001 年第 6 期，收入本书时有改动］

「上海文学」与香港文学

兼谈「三城记小说系列」之缘起

第四届香港文学节首场研讨会的议题是"都市文学"。据文学节宣传手册："上海、香港、台北……'三城'文学、文化的异同，它们之间的关系、影响等，正是本研讨会探讨的焦点所在。"本人自去年起，有幸和王安忆、王德威一同参与了一套名为"三城记小说系列"[1]的编选工作。今天是个难得的机会，能听到各位专家权威对三城文学的很多意见。我想我只是向大家汇报一下这套丛书的编选情况，也简略提出一些与"上海文学"、香港文学有关的问题，与各位同行师友、各位听众一起讨论。

1　上海文艺出版社筹划的"三城记小说系列"第一辑共三本：《女友间》（上海卷1996—1997，王安忆主编）《第凡内早餐》（台北卷1996—1997，王德威编）及《输水管森林》（香港卷1996—1997，许子东主编），已于2001年7月出版。第二辑在2002年夏季出版。

一 "三城记小说系列"的缘起

香港三联书店出版"香港短篇小说选"双年选本已有十几年历史，我自1994年起接编。这是香港目前唯一一种定期出版的小说选本，大概还有文学圈内人注意，小说入选有时会被作者写入个人简历。（不知会不会有助于日后申请艺术发展局资助？）我在编选过程中主要收集个人喜欢的"好作品"，有时也兼顾一些当年在文坛引起争议的"文学现象"。"1994—1995"和"1996—1997"（即《输水管森林》）两个选本出版后居然销得不错，数月内就重印，出版社也有些意外。

这以后我到上海、北京就留心各书店，发现香港小说其实不少，但大多是从金庸、亦舒、倪匡到黄易、梁凤仪（最近还有李碧华、张小娴）的畅销作品，或者是一些"南来作家"批判香港资本主义罪恶的通俗小说（这些小说在香港很难出版，读者也不多）。真正体现香港"纯文学"追求的如西西、崑南、也斯、黄碧云等人的小说却很少出版介绍。于是就将我的选本序言在北京的《读书》和《文艺报》上发表，并希望能出简体字版。

感谢陈保平与上海文艺诸位同事的眼光和魄力，不仅将香港小说选扩展成了今日的"三城记小说系列"，而且更重要的是请到王安忆和王德威来主编上海、台北两卷，一下子将小说选提到了另一个层面。当然，"双城记"的概念最初由李欧梵教授提出，他对上海、香港文化关系的研究，显然是一个极重要的启发。

结构主义认为，1+1 不仅仅等于 2，1+1+1 更远大于 3。每个选本可能只记录一时一地的小说近况，放在一起阅读，可谈的话题就多了。无论是当代中文文学在不同空间时段的技术实验语言探索，还是几个最重要华文都市之现代性形态差异，或者海峡两岸及香港各自的性别书写走向，以及台北、香港、上海截然不同的历史承载形式与乡土符号意义，等等，都很值得探讨研究。事实上，"三城记小说系列"第一辑出版以后，海峡两岸及香港也有很多书评，读后很有收获。《读书》2002年第 3 期的"编辑手记"引用了刘剑梅的一段话来概括这三本城市小说选的共同特点："无论是'华丽的'台北，还是'健忘的'香港，还是'朴素的'上海，都一致地质疑当代都市文明的贫乏，一致地抵抗'通属城市'里的'通属景观'，不约而同地以悲天怜人的废墟意识来拒绝全球化的进程，都一致努力地在都市文化生活与心灵状态中寻找独特的地域意识与文化记忆。"听评论家这么一说，我再读《第凡内早餐》《女友间》和《输水管森林》，觉得这三个城市在外表上（大厦风景、传媒用语、名牌时尚、酒吧气氛……）越来越相似，但从文艺小说看，三个城市的内在精神状态的确是那么的不同，值得思考。

不过我之前在编"香港卷"时并没有"三城记"的概念。我想今后我继续编选第二、三辑时也不会特别去考虑其他两个城市的文学情况（三位编者都认为第二辑比第一辑更好）。也许编者在编选过程中越是"自顾自"，"三城记"在旁人读来才越有意思。我甚至也不怎么在乎香港小说是否"表现香港",唯一重要的,是小说怎么写。很多学者说,20世纪90年代以来,小说已不再重要。从社会转型看,也许他们说得对。但我是读小说的人,对我来说,小说(主要是小说的写法,不是小说的意义),始终是最重要的。对我来说,小说不是工具,小说就是目的。

二 关于"上海文学"

我在不止一篇文章中(比如:《假如没有五四》,《明报月刊》1999年第5期)曾经试图大胆概括"五四"以来现代中文文学的几条发展线索:一条主线是从陈独秀编《新青年》、鲁迅写《呐喊》,到茅盾、丁玲、巴金、艾青等左联作家,经过延安的转折,发展为后来的作协文联,一直到刘宾雁、张承志……相信文学应该唤醒民众、疗救社会,是这些"主流作家"对"五四"文学传统的基本诠释。另一条发展线索从胡适、周作人及鲁迅开始,经过郁达夫、闻一多、徐志摩、沈从文、老舍、施蛰存、梁实秋、林语堂、丰子恺、傅雷等很多作家合力维护艺术本分、坚持文人道德的传统延续至今。这种"自己的园地"与启蒙救世呐喊虽常常对立,很多作家难免要在这两种倾向之间做"艰难的选择"。但其实这两类作家也有相同之处:都是"职业文学工作者",或在大学教书,都是高调知识分子,共同创建和维护"五四"比较欧化的现代汉语语言现实。相比之下，第三条线索却以报人"传媒写作人"为主：从包天笑、周瘦鹃、秦瘦鸥、张恨水，一直到金庸、三苏、倪匡、李碧华……鸳鸯蝴蝶派及武侠、科幻、当代言情小说在文学史上拥有着 20 世纪大多数识字的中文读者，而且也在文学语言及艺术功能两方面构成了对"五四"文学主流的补充与挑战。在某种意义上，张恨水、李碧华才真正做到所谓"人民大众喜闻乐见"，只有和"救世责任""文人格调"联系起来，"大众口味"才能显示其文学史意义。

如果考虑 20 世纪的后五十年海峡两岸与香港文学的各自发展，则上述三条线索还不能概括整个现代中文文学的发展。张爱玲像张恨水一样不避通俗，但她笔下的"市民生活"性质完全不同：因为有了现代主义（自觉的"东方主义"）视野和不自觉的女性主义角度，她将张恨水的章回语言变成对"五四"主流的有意反拨，将文人立场、艺术尊严、大众品位、市民趣味线索交织在一起。后来很多既不满"五四"传统又关注"五四"课题的作家，都在张爱玲那里看到了某种新的可能性。

上面这些意见我在别处也说过，今天再回顾一遍是为了说明所谓"上海文学"的背景：启蒙救世、鸳鸯蝴蝶及新感觉都市文学三个脉络都和上海直接有关。有趣的是，虽然大半部中国现代文学史都发生在上海，但是文学史上并没有"上海文学"这个概念。一些明明在上海发源、发展的文学现象，如"五四新文学""左联文学""孤岛文学"等，都不会被归纳为"上海文学"。甚至"海派文学"，泛指某种风格、流派、文化倾向，好像也超出"上海文学"的定义范畴。

关键是"上海文学"的定义。如果像界定"香港文学"一样，将"上海文学"理解为"上海作家（或长期生活在上海的作家）在上海写作或在上海发表出版的文学"，显然，人们会怀疑在上海及租界的居住权、身份证是否真的如此重要。（其实1949年之前香港作家的身份也很难确定。）没有人讨论"上海文学"，可能正是因为"上海文学"从来就是中国现代文学主流的一个重要部分，从来就是中国"现代性"意识形态的主要生产基地之一。从王安忆编选的《女友间》看，上海小说的很多特点（左联遗风、寻根笔法、小市民的现代化梦、叙述主体从不自我怀疑等）也都与中国大陆当代小说的基本特点相联系（虽然王安忆是大陆少有的以写都市获"茅盾文学奖"的作家）。

1949年以后，在上海发源、发展的上述三条现代文学线索，基本上只有忧国救世传统在表面上制度化，而鸳鸯蝴蝶派则被新文学"打败"，与印刷中心的地位一起被驱逐到香港，张爱玲式的现代主义都市文学也花开海上结果海外。但"上海文学"从来都不甘心在权力北上的国家文学体制中担任一个纯粹的地方角色。中央的作协文联制度在人事与理念两方面都与上海左翼文学有重要渊源。五六十年代上海对主流意识形态的诸多贡献姑且不论，仅在"文革"后，仅以一本作协刊物《上海文学》为例，其特点与长处就不是体现上海地方色彩或海派文风，而是在中国当代文艺思潮论争中争当先锋甚至争夺话语主导权。90年代虽然上海在经济改革方面颇为"西化"，但一旦发现北京出现文学商业化、世俗化的倾向，有放弃战斗传统的苗头迹象，上海学者立刻表现出要继承发扬"五四"启蒙救世"人文精神"的姿态（海派好像在任何一个历史阶段都比较"左"一点，与时俱进）。

　　还有一点少有人讨论，那就是据我不太完整的观察，1949年以后的"上海作家"（在上海居住、写作的作家），相当大部分人的家庭背景是南下进城干部，其母语乃至文化背景都以普通话为主，对上海本土文化及小市民生活世界一般都有一个超越、旁观、同情、批判和解救的立场。真正上海本土出身以沪语为母语的作家不多。这个现象有很复杂的成因，包括国家意识形态在出版工业及语言政策上的运作，包括"五四"知识分子价值观对上海市民文化的改造，也包括翻译文学对当代中文写作在语言层面上的影响，等等。很多问题，恐怕要和"香港文学"的情况互为镜像，才可以看得更清楚些。王安忆编的选本，有意无意地打破了目前流行的"上海想象"，与台湾、香港甚至海外很多同行、读者对90年代上海的"期待视野"很不一样，其实却正正显示了"上海神话"的很多内在矛盾与张力。

三　关于"香港文学"

　　香港文学出现了几十年后，"香港文学"这个概念才在20世纪80年代开始引人注目并导致很多争议。在界定香港小说时我们不得不考虑"香港身份""香港写作"与"香港出版"（即香港读者市场）诸多因素，而且其中"香港身份"是最关键的因素。"香港文学"之所以成为话题，看来是和身份认同的觉醒与危机有关（这大概也是"上海文学"至今不受重视的原因之一）。

20世纪30年代香港新文学与上海《现代》杂志关系密切，抗战前后南来文人也曾将救世战斗文风带到香港。但我以为香港文学真正确立自己的位置与路向还是50年代以后。上述现代文学"四条线索"在当时除了在北京上海占统治地位并形成制度的左翼传统外，其余三种文学倾向全都转移飘零到香港。侣伦的新文学伙伴黄天石、张吻冰、岑卓云等变成了流行作家杰克、望云、平可，内地小说史对此多有批评，郑树森、黄继持与卢玮銮则认为是南来文人压迫本土新文学的结果。其实杰克、三苏等人的通俗写作，其文学史意义并不在《穷巷》或"绿背文学"之下。周瘦鹃、张恨水传统经过三苏、倪匡、梁羽生、金庸的发扬光大，应该可以不必太自惭形秽。而京派文人坚持的"自己的园地"，也经过梁实秋《雅舍小品》的中介，一直延续到"王纲解纽"专栏繁荣的香港散。张爱玲对香港纯文学的影响，更不难从以都市安身立命、现代主义与传统小说语言结合以及注重市民趣味等方面详细梳理。有意思的不仅是五十年前三条文学脉络断线流落香江，更在于张恨水（金庸）、梁实秋（董桥）与张爱玲（白先勇等）在世纪末重回上海乃至中原开出一片"新天地"。

如果对比"上海文学"，香港文学最重要的特点，一是无意（无法？）介入体制上的意识形态运作，对政策法令、教育制度影响不大，作家也不能进入公务员体制；二是没有经过"五四"

反礼教运动，保留较多传统的民间的生态心态；三是更多方言口语的制约影响。

将香港文学上述三个特点倒过来看，似乎恰中"上海文学"的若干问题：过于投身主流意识形态建设改革而轻视流行娱乐文学；对传统文化和民间地方艺术不够重视；方言沪语很难入文，等等。这些"上海文学"的问题，和上面谈及的很多上海作家的母语背景、干部体制身份与翻译腔影响一样，有些是关于"上海"（社会政治改造）的问题，有些是关于"文学"（语言文化条件）的问题。后者是我们关心的重点。

简而言之，香港文学多"流言"少"呐喊"（不是没有，而是没人听）；上海文学则是太重"呐喊"，太轻"流言"。

但近年来很多香港作家有意无意以强调本土化来抵抗新旧外来文化压力，香港文学使命感的意识形态功能（"失城文学"等）似乎又与"五四"忧国救世传统在方法精神上不无相通。幸与不幸，却很难说。

上海文学（及上海文化）以"洋"（国际化）为荣，试图以荒诞技巧意象或歌剧院、摩天楼、咖啡馆来担当中国"现代化想象"的文化先锋；而香港文学（及香港文化），则以"俗"（本土化）自卫，希望以童稚或"无厘头"手法以及大戏、盆菜、跑马地、电车风景、FAX意象等来维系"我城"的边缘文化身份。简单说，一是"崇雅"，一是"扮俗"——两种文学姿态与文化策略之间的异同，颇耐人寻味。

香港主流文化如何形成"以通俗、娱乐为荣"的基本特点，其过程与原因颇复杂。（君不见我们的文学节研讨会不就是由"康乐及文化事务署"主办的吗？）重要的原因之一应是，在英语精英文化前维持大多数粤语人口的文化自信心，以及抵抗革命意识形态，保留传统民俗文化和维护市民生活价值。但香港的纯文学除了也要抗衡上述两重文化影响以外，更要协调与通俗、娱乐的香港主流文化（甚至是主流意识形态）之关系。从60年代刘以鬯《酒徒》中愤世"嫉俗"，到世纪末也斯《后殖民食物与爱情》的愤世"扮俗"，再到王家卫《2046》改造《酒徒》精神为愤世"寄俗"，这是香港文艺小说创作相当独特的文化生存处境。

我在别的地方讨论过香港90年代的"失城文学"，这里不再重复。简而言之，从"香港意识"的角度来看香港小说的近况，可以说香港小说近年来进入了一个比较犹疑不定的时期。除了宣示"我们的城市""我们的故事""我们的小说"并呼喊"我们不是天使"，也必须思考我们究竟生活在什么样的城市？我们已经说了哪些故事和小说？我们不是天使，我们是什么？

这种对叙述主体的怀疑困惑，在香港（乃至台北）作家来说，是不得已的危机困境。然而，换一个角度看，复旦学者倪伟在评论"三城记"时却很看重这种叙述主体的自我怀疑："主体的分裂使叙述的推进变得异常的凝重而艰难，却也蕴含着自我治愈的契机，在主体的自我凝视下，个体自我向历史敞开，在反思、质疑、探询之中努力重新确立主体的位置。这种扪心自省的叙述方式是何等深切啊！反观大陆作家的作品，我们却发现其中的叙述主体几乎总是岿然不动的，他们或是高踞于文本之外的冷眼旁观者，或是沉浸在个人哀乐之中的自恋狂，那样的叙述文本自然是封闭的，无力展现历史和现实之间的多种复杂性。"[1]

　　上海学者这种借香港、台湾小说反省上海文学的看法，也提示我们可以换一个角度看"香港文学"。或者将几个都市的小说"并置"起来读，有可能读出一些新的东西。这亦正是我们坐在这里的原因吧。

（2002 年 6 月 15 日）

---

[1]　倪伟：《书写城市》，《读书》2002 年第 3 期，第 6 页。

『无爱』的新世纪？

王良和的《鱼咒》是近年香港短篇小说的一个颇令人注目的收获；黄碧云《无爱纪》是本选集中占据最多篇幅（恐怕也是最有分量）的作品；《天堂舞哉足下》和《解体》则是资深作家崑南、西西的最新实验；而在诸多年轻人获奖佳作里，编者特别推荐研究生谢晓虹的《理发》。

　　不论世纪年历怎么划分，这都是新世纪的第一个香港短篇小说的双年选。近年来香港的文学期刊明显增多，在刊物和报纸上发表的小说数量也在上升。然而，为什么这些小说的"题材范围"（一时想不到新式"话语"，姑且沿用"老土"观念）反而有些缩窄了呢？除了余非等人写过少数讽刺办公室政治、选举内情的小说，或老少崑南在现代主义抒情中夹一些抗议符号以外，前些年的"失城文学"好像迅速消失了。不仅直写政治的少了，武侠科幻或社会讽刺或历史新编或商场家族争斗的故事，也都不再成为"文艺小说"的叙事焦点（至少在编者比较喜爱的这些小说当中）。余下来的，我们便看到形形色色男男女女甚至男男或女女之间的种种情／色／爱故事。而且，俊男美女有情人终成眷属的曲折爱情白日梦也很难找到（需要者很容易移步畅销小说书架或地铁站报刊亭）。可以读到的大部分书写情色的"文艺小说"，从高手王良和、黄碧云到名家崑南、李碧华再到多产的陈慧、陈汗再到王贻兴、谢晓虹等"写作新人类"，都在合作描绘一幅幅另类的香港情色地图——背后当然耸立着这个异化的迷人都市。

王良和是个诗人，有次诗歌研讨会上听他朗读自己的亲情诗篇泣不成声。没想到初次写小说，剖析伦常人情如此残酷犀利。《鱼咒》一发表便引起香港及内地评论界注意，有论者说作品："写生命的成长，是一个人从生命的混沌未开到明晰的过程……混沌由此展开，明晰亦系结于那鱼儿……"[1] "在王良和的笔下……母亲担当了一个妖魔化儿时记忆的中心人物，读来令人震悚……"[2] 也有研究者认为："小说通过人和色、'我'与金锋、母与子、夫与妻、妻与母等之间的对立、渗透与位移，展示了生命存在的过去与现在、正常与失常、理智与疯癫等的含混与胶着，体现了作者对复杂、矛盾生命存在的困惑与追问。"[3] 作者的主观意图姑且不说，一个短篇被这么多学院评论包围，至少也说明作品中既晦涩又流丽的童年记忆及人鱼隐喻再加母子性爱与暴力关系，的确有空间容纳不同方位的创造性联想（或者

1　王绯语，转引自陶然：《诗人试笔写小说》，《香港文学》第 190 期。
2　曹惠民、陈小明：《面对都市丛林》，《香港文学》第 204 期。
3　王毅：《历史、生命、道德规约》，《香港文学》第 204 期。

是创造性误解）。而我所感兴趣的，主要是诗人的小说语言，如何既挥洒又不失控。在这一点上，《鱼咒》比他后来的另一篇更加骇俗的《身体》[1] 把握得要好一些。即使描写血腥细节、暴力画面、变态亲情，依然写得不动声色且诗意漾然，文字的分寸感很强。

　　除了王良和的《鱼咒》被特地排在前面以外，整个选本均以作者姓氏笔画为序——原因是集子里的小说，题旨互相越界，技法五花八门，实在难以分类。小榭的《意粉、竹叶、小纹和其他》是个篇幅很短的中学生习作，才情令人瞩目。段落递进，意象重叠，文字闪烁，主题则与前《素叶》作者郭丽蓉的《飞翔》异曲同工。当然《飞翔》的文思更飘逸、更细密，其间的性迷失也更隐晦一些。王贻兴是近年颇活跃的年轻作家，已出版两本集子，有意玩"文"不恭，颠覆规范。在他诸多挑战性很强的感官实验文体中，我还是选了文字比较"规矩"的《欲望之钳》。文绮云的小小说《地铁故事：一场生日》和陈丽娟《6座20楼E的E6880**（2）》不约而同都用并置方法来剪切异化的都市风景。前者观察敏锐，构思拥挤中的距离；后者以重复结构对分层同楼的妻妾家庭做出全然不动声色的后现代揶揄。纵观收入本集中的诸多涉及情爱的小说，最为痴情的反而是小榭、郭丽蓉小说中的性倾向迷失，最为悲观麻木的是陈丽娟笔下的"齐人之福"与陈汗《反手琵琶》中的旧情人重逢，最荒诞调侃的是李碧华的《神秘文具优惠券》（一贯的李碧华想象）

1　《香港文学》2001年8月号。

和林超荣的搞笑游戏之作《王子爱上美人鱼》，最含蓄隽永的是陈慧的《晴朗的一天》和叶辉的《电话》（港版《爱是不能忘记的》），当然，最惊世骇俗也最为浪漫的，还是黄碧云的中篇《无爱纪》和崑南长篇新作《天堂舞哉足下》。

王德威如此概括《无爱纪》的情节："写生命的畸恋遗恨，阴鸷犀利。故事中的主人翁林楚楚是个平凡女子……她的先生另结新欢，还要与新欢移居加拿大，她的父亲逝后遗下书信（还有楼产——笔者注），揭露了惊人的往事，而更复杂的，她女儿的男友莫如一移情别恋，对象不是别人，竟是楚楚自己。"小说题为《无爱纪》，"恰相反的，他（她）们正因为有太多的爱欲——跨越时间、辈分、意识形态，及至性别——以致无所适从起来。所谓'无爱'，只能作为情场梦断的病征……"[1]李昂主编的《九十年小说选》[2]也选取了在台湾出版的《无爱纪》中的一个片段。本选集之所以用较多篇幅选录整个中篇的前半部分，主要还不是因为畸情故事，而是因为畸情故事讲得很清净平和。同黄碧云前些年的创作相比，"暴烈"少了，"温柔"也少了。以第三人称悄悄贴近楚楚的内视角，很多对话不加引号，与自白思绪混淆。虽惊涛骇浪却小桥细河缓缓流出，而且在风景绝佳处戛然停住，给女主人公（以及其他为女性主义理想奋斗的人们）留下了一个浪漫的省略号。作为小说而言，《无爱纪》显然比愤世嫉俗、感时忧港的《失城》及讲究技法、场面调度的《桃

1　王德威：《香港的情与爱：回归后的小说叙事与欲望》，《联合文学》2000 年第 8 期。
2　台北：九歌文库，2002 年。

花红》更自然、更浑然一体，也更有文字及情感的控制感。编辑这套小说选这几年来，我常觉得，黄碧云之于近年香港文学，有点像王安忆在上海，或者朱天文、朱天心在台北。读《无爱纪》，更坚定了我的这样一种想法。

　　崑南早年的《地之门》和刘以鬯的《酒徒》一样，是香港现代主义小说（甚至也是海峡两岸及香港现代主义文学）的先锋之作。相对沉寂数十年后，他新作的长篇《天堂舞哉足下——装置小说：0与烟花》再次引起圈内人的注意。西西借用罗兰·巴特的术语称崑南新作是"可写的小说"——读者可在阅读过程中自行再创作。本选集只选了发表在《香港文学》中的一节，虽然情节上可能不完整，但用文字舞成各种做爱姿势又结合世纪初的政治大烟花，应该也是"可读的小说"。据说"装置小说"的不同章节可以转换秩序以不同方式阅读。董启章的《体育时期 P. E. Period》也是未出版长篇中的一节，独立发表可能也有不同阅读效果。也斯近作《柏林的电邮》通篇以"伊妹儿"串成，对短篇形式亦有大胆尝试。

　　西西的文体实验，更低调一些。《解体》在本选集中格外与众不同。这篇悼念好友蔡浩泉的小说以亡友死前的灵魂为第一人称，同时与其病中肉体及尘世对话。"没有非常特别的感觉因为那不是感觉而是感应我竟突然显得很充实很丰盈。事实上早在六七十个小时之前我已经陷入昏迷状态而昏迷了的生物不再有任何感觉包括最难忍受的痛楚。……"在香港畅销文字越来越向简洁跳跃，段落越来越短，节奏越来越快的潮流之中，西西艰涩凝重的长句实验很值得注意。

当然，也有不少资深作家的佳作，浓情淡说，从容落笔，人情练达即文章。如阿浓的《人间喜剧》，又如蓬草的《就是这样子》和颜纯钩的《自由落体事件》。绿骑士的《跳》描写社会竞争对人的压迫，讲的是法国故事，香港的读者应可感同身受。而在本选集大量种种畸恋、孽情、性迷失或麻木悲观的男女传奇之中，我们再读到老诗人蔡炎培的简单美丽的初恋故事《五三七七》，犹如在最新款手机里听到最老式的电话铃声，顿时使人耳目一新。

几篇获奖小说中，潘国灵已不是新人，他的《莫明奇妙的失明故事》（第二十七届青年文学奖小说高级组冠军）大概有意学步钱锺书的双重讽刺笔法，既借社会学家莫明的眼光嘲笑庙街众生星象占卜，同时又讥讽莫明的社会学眼光（及当代学院理论腔）。但篇中又有一个"我"直接跳出，面对看官"你"作话本式的议论介入，看似增加其实却简化了叙事的层次。获得同一奖项亚军的《天蓝水白》则以沈从文、汪曾祺式的文句，注绎出"一颗心伸展开去，就是无限"的佛学感悟。同样是模拟的玩世不恭（村上春树的痕迹？），梁锦辉的《我·阿荞·牛蛙》（2000年香港中文文学创作奖小说组冠军）故作平淡地渲染大学生的堕落与真情，谢晓虹却漫不经心地用女性主义梳理母女关系。《理发》（香港首届大学生文学奖）细节有虚有实，文笔收放自如，值得一读再读。放在集末，也恰与首篇《鱼咒》形成某种解析爱与母体的呼应。我们有理由期盼谢晓虹有更多作品问世。

香港的各种官办民营文学奖项，近年发现、催生了不少佳作。而文科大学生，尤其是中文系学生，渐渐又成为获奖文学新人的主要来源（比如2000届岭南大学中文系学生的小说习作，就在梁秉钧和王璞教授支持下结集出版，其中苏翠珊、陈曦静、黄静等同学的小说均可圈可点，只是限于篇幅才未能收入本选集）。期刊方面，《香港文学》改版后本地创作的分量明显增加。《文学世纪》《作家》《素叶文学》等杂志也仍然惨淡经营，坚持不懈。虽然经济不景气，但香港这个城市，无论如何，总应该容得下、养得起几个文学杂志吧。

王安忆说："香港是一个大邂逅，是个奇迹性的大相遇，她是自己同自己热恋的男人或者女人，每个夜晚都在举行约会和订婚礼，尽情抛洒它的热情和音乐。"（《香港的情与爱》）王德威则把王安忆的小说语言发展成对香港文化性格的学院分析："香港的情与爱是'自己与自己'的热恋，我要说这是一种'自作多情'的爱。此处的'作'宜有二解。'作'可以是装扮、臆想，但也可以是造作、发明。换句话，自'作'多情不只是具有'表演性'而已，而且也富有'生产性'的意义。"（《香港的情与爱：回归后的小说叙事与欲望》）

当然，上海现在也热恋它过去的"长恨歌"，台北也痴迷自己"世纪末的华丽"。是否香港特别遭到遗弃，身处夹缝，所以特别需要执着的自恋？再读本选集中形形色色的情色故事，从热烈痴迷的同性恋到机械麻木的"齐人之福"，从爱情文具、美人鱼等魔幻寓言到母女、母子之间的现实畸情，从解析舞蹈般做爱姿势到爱上女儿的情人……"香港的地志学因此不妨与香港的情欲学相提并论，香港的历史就是香港的罗曼史。"

也许，区别在于，香港主流文化畅销作品主要体现"自作多情"的"表演性"，提供各种多情梦幻的成果；而"文艺小说"实验艺术则更多解析"自作多情"的"生产性"，展示"自己爱上自己"的过程及工序。

[本文系《香港短篇小说选（2000—2001）》序言，

写于 2003 年 8 月 3 日]

香港小说中的『北方记忆』与『革命想象』

本文试图重新阅读 20 世纪 70 年代到 90 年代四篇香港短篇小说，以讨论香港小说中"北方记忆"和"革命想象"之异同。所谓"北方记忆"泛指一些南来作家对"前半生"社会及生活状况的记忆、记录或遗忘情况。小说中的"内地前半生"通常要靠"香港后半生"才能梳理，但也同时会影响制约"香港后半生"的生态心态。所谓"革命想象"则泛指早年来港或在本港土生土长作家们对北方内地革命（尤其是"文化大革命"）的非感性经验，这些有关革命的想象方式不仅为香港故事提供逻辑前因，而且更重要的是香港故事同时又为这些革命困局找出颇有创意的解决方案。

一 《姚大妈》：原始记忆

杨明显 1938 年生于北京，满族正黄旗人。1975 年来港，《姚大妈》在 1979 年获香港第一届中文文学创作奖小说组冠军[1]。此时距"文革"结束仅三年，距十一届三中全会才几个月。

时间距离那么近却没有损害文学创作所必需的心理距离，《姚大妈》比起同时期的很多伤痕文学来，空间（心理）距离产生了锤炼的愤怒，平静下来的激动更能产生审美力量；粤语接受环境又造就了京腔的陌生化效果，革命有点残忍的异域情调。

特定的历史真实，特定的社会环境，和特定的语言氛围紧密相关，不放在那一种语言里，也就很难再现那一气氛。本文稍后会讨论李碧华、黄碧云、辛其氏的香港角度的"文革"故事，也都能刻画内地革命的悲惨，但语言上始终隔了一层。海外有关"文革"的小说中，陈若曦的《尹县长》影响很大，但就语言氛围效果论，《姚大妈》更加传神。

这篇小说的结构也值得推敲。同名两个女人，一胖一瘦，一忠一奸，看似戏剧脸谱化，其实正打破了香港（及海外）"文革"故事的刻板模式（红卫兵、造反派均凶神恶煞，有钱人、知识分子可怜善良）。在工农群众对有钱阶级的抄家革命中，光荣出身有造反资格的胖姚大妈为人豪爽，大大咧咧，心直口快，同院本应受迫害的剥削阶级的瘦姚大妈却已被改造成看风使舵的"运动积极分子"（铁凝长篇《玫瑰门》对这种被改造的"旧社会人物"有更深刻详细的描述）。两个姚大妈的"错位"处理，既呈现实际生活之复杂性，更暗示了中国这场运动的核心要害

1　收入冯伟才主编：《香港短篇小说选：七十年代》，香港：天地图书有限公司，1998年，第233—255页。

其实并非一部分人剥夺另一部分人，而是这种剥夺方式（"革命"的游戏规则）本身，这种剥夺方式其实可以剥夺任何人（包括运动中的积极分子）。

当然在小说中只有记录看不到思辨，读者只是旁观四合院里一些婆婆妈妈的琐事：街坊衣着、小孩打架、邻居怄气，以及北京方言的家常玩笑。慢慢铺陈，缓缓道来，虽有情绪冲突，却不见杀机火气，啰唆、散漫、细碎……直到结局突然出现，胖姚大妈中计失言，造反派女儿也救不了她的"现行反革命罪"……欧·亨利式的结尾，却是沉重的突然。

《姚大妈》"香港制造"的意义在于：一、省却了很多内地伤痕反思文学常用的"将颠倒了的历史再颠倒过来"的叙事策略和技巧（本来香港就没有这种以革命颠倒历史的情况）；二、强调忠奸两分法的泛伦理阅读期待反而构成对革命红黑简化的解构；三、京腔由主流语言变成边缘语言，接受环境产生了与故事相呼应的陌生化效果。其结果是，《姚大妈》竟比大部分写于北京、上海的同类作品保留了更原始更朴素的"文革"记忆。

二　《嘻嘻嘻酒吧》：拒绝遗忘

香港虽有像《姚大妈》这样一流的有关内地革命记忆的小说，但数量不多。原因之一是作家很难只靠他或她的前半生记忆来度过自由的后半生（香港不少高产作家，却很少"脱产"作家）。

这里所谓"生活",不仅是指生计,更是指生命。前半生记忆会控制后半生的生活,即使你有意拒绝记忆,努力追求遗忘。

《香港短篇小说选(1998—1999)》的序言曾这样评论王璞创作中的一种新的怀旧小说格式:"在香港安宁生活着的主人公总是突然碰到一件往事(一首歌、一个老友、一张旧照……),然后就立刻情不自禁从幸福的现实中抽离出来,在《丢手绢》里,旧照片使主人公和其他几个或发达或落魄的老同学新移民一起回想童年游戏的残酷性。在《真相》里对一件导致弟弟受伤的封存往事的梳理,延伸出有关忘却与记忆的痛苦思考:'这一来我们家就变成了一个没有历史、禁忌重重的地方,任何人一进了这道家门,就只说一些琐碎的现实小事……'"

这种中原往事不堪回首却又无法消弥的情况,以王璞的短篇《嘻嘻嘻酒吧》最为典型。

> 前不久,我断定自己得了一种病,……
>
> 已经有好一段日子了,我发现自己常常像被鬼缠上一样,被一首歌或是一句话缠上。情况是这样的:
>
> 忽然之间,有一段旋律,通常连着歌词,在心中涌现。它一遍又一遍地反复,一遍又一遍。开始还有点新鲜感或好奇感,让我能一边琢磨着它的情调,一边寻思:"咦!怎么会想起这首歌的?好多年了呀!"可渐渐地,就觉得有些不对头了。怎么?竟没法把它从脑海驱除?它像蚊子一样在身体里盘旋,你挥挥手,它好避开了,可是转眼之间就又响了起来,哼哼唧唧,像一个有所要求的孩子。要命的是你不知他要求

的是什么，他自己也不见得能说出来。[1]

男主角来港半年，在某时髦鞋店打工，花言巧语卖出很多旧款鞋，颇得老板赏识，却在一次引导哄骗顾客的节骨眼上，突然忍不住心中想哼一句：革命人永远是年轻，他好比大松树冬夏常青……

这是革命歌剧《星星之火》主题歌的第一句唱词。虽不是太红的名曲，却能在瞬间将"过来人"拉回到复杂的充满青春、热情、斗争和鲜血的历史原生态。但这一句"红色经典"出现在主人公弃文（历史）从商（小伙计）的"不华丽转身"的当口，不仅在象征意义上体现了《共产党宣言》中那挥之不去的"幽灵"与眼前成堆日本或意大利名牌皮鞋构成的戏剧性反差，更在现实层面陷主人公于"揾食"的困境。

善良的老板颇关心"我"的情况："你是不是病了，我看你脸色不对头嘛。"

那句歌词还在我喉头回旋，我得像咽下一口不得不受的气一样，一次又一次把它往下吞。在两次吞咽之间的空当，我才能说出话来，我就赶紧抓住这空当对老板说："对不起，我胸口痛，请半天假。"我一路小跑回到家里。还好，房东老两口都不在，我马上奔进洗手间，放声唱出了这句歌："革命

1　见许子东编:《香港短篇小说选（1998—1999）》,香港:三联书店,2001年,第17页。

人永远是年轻……"[1]

个人认为，以上所引文字与《姚大妈》的结尾一样，是香港小说处理"北方记忆"最精彩的段落。"革命歌词"怎么会成为洗手间里的呕吐物——这个意象至少有三层解读空间。

第一，从"新左"和"内地视角"看，这是革命的"传奇延伸"：男主角"虽有大学学历，但专业是历史，在这个没有历史的地方，这样的专业听上去像是讽刺"。即使在资本主义繁荣下糊口打工，当年革命洗礼痕迹不会完全消失，理智上现实中被迫失忆，感情或潜意识里却拒绝遗忘，所以面对 GUCCI、LV 心中念念不忘"革命人永远是年轻……"

第二，从"老右"和"香港视角"看，这是革命的"噩梦延续"：已经到了自由港口还无法摆脱洗脑旧伤，可见当年改造痕迹过深，所以后来经老板介绍认识了一位香港的心理医生，诊断为"WK2 型强迫记忆性瘴诞症"。

第三，倘若从小说后半部香港医生对这一"WK2 型强迫记忆性瘴诞症"的医疗方法看，这又是一个有关 90 年代以后革命转型的寓言：

> 一般的医生对付这种病（革命及其后遗症？——以下括号内文字与着重号均为笔者注）……就是费尽心机挖出病人得病的根源（研究"文革"、"1957 年学"、延安整风……），

1　见许子东编：《香港短篇小说选（1998—1999）》，香港：三联书店，2001 年，第 17 页。

我不否认这方法有时有一定成效，可是很容易让一些心术不正的家伙钻了空子，变成窥私狂。搞得不好就成为罪犯。近年来荷李活电影不乏这样的故事（来自西方的妖魔化？）。所以我研究出一种反其道而行的办法。我不去追究过去，过去既是挥之不去的，我们就不作那个痴心妄想，我的办法是用一些新印象排挤掉那些旧印象。你想必明白，人的头脑和一个容器一样，容量是有限的。当新印象不断盛入，达到一定数量之后，旧印象也就无容身之地了，你的毛病也就渐渐痊愈了。[1]

这是在写 1989 年以后中国的现实吗？香港故事，在另一层面上又成了中国的寓言：而香港又成了北方"告别革命"过程中输入新印象、消除旧印象的重要运输通道。

三　《玉玦》：灾因病源

第三类将北方革命作为香港社会及人伦问题的作品很多，手头有一例是张君默的《玉玦》[2]。

张君默是讲故事的高手，小说《模特儿之恋》《蝶神》《蚁国》

1　见许子东编：《香港短篇小说选（1998—1999）》，香港：三联书店，2001 年，第 24 页。
2　张君默：《玉玦》，《文汇报·文艺周刊》，1986 年 6 月 16 日、6 月 23 日。

《宝图》《异人》等均以情节曲折奇异见长。《玉玦》里有三层故事，一层套一层，逐渐向读者打开。第一层是叙事者"我"（虚拟作者）向读者讲述他在嚤啰街买玉时遇见一佝偻老人，十分懂行，却要廉价卖给"我"一件珍贵玉玦（500元），自然引起"我"（及读者）的怀疑与好奇。追问之下，便是小说第二层叙事层面——佝偻老人也以第一人称"我"向刚才的"我"讲述他的故事：八九年前在元朗屏山荒废鸡场发现一被捆绑少女阿秀，衣衫不整，身体发抖，原来是偷渡客，游水中途丈夫被鲨鱼吞吃，只身上岸后又被满脸歪肉的汉子强奸了。"我"（佝偻老人）于是安顿了阿秀，介绍她去做女工。女人年轻漂亮又懂事，老头便因有非分之想而自责。一方面想让阿秀嫁人，一方面又有灵肉冲突，及洗澡后的情欲场面：

> ……她已经脱光了，只见一个女人的晶莹身体，玲珑纤巧，有一股看不见的光芒透人而来，叫人心中怦然。我自觉快要窒息。我盯着她，心中激动，像是海洋的巨浪，却翻腾了起来，她轻咬着唇皮，向我作出引诱的媚笑时，我猛然一拍桌子，斥喝她："我可以做你老爹啦，你还分个辈分没有，要野，浪到外面野去……"[1]

最后，"我"找媒人将阿秀嫁去美国，临走时，女人为了感恩送给老人一块玉玦，这才进入了小说的第三个层面，即"革

1　张君默：《玉玦》，《文汇报·文艺周刊》，1986年6月16日、6月23日。

命想象"的层面。

原来这玉玦乃阿秀知识分子家庭的传家宝。阿秀也做过"红卫兵",见过毛主席,自家被抄后很多文物遗失,只留下此玉。父亲饱受冲击,临终前将玉玦传给阿秀(偷渡前后倒也没遗失?),阿秀现在再送给佝偻老人。

小说结尾是佝偻老人发现玉玦一向温暖,近日忽然变凉,才知阿秀在美国难产过世。伤心之余,便将玉玦送给嚤啰街爱玉同好(小说叙事者)。

问题是,这个故事不用"文革"背景也能讲通。小说的第一、第二层叙事都是常见的香港故事。第一层写嚤啰街风情、古旧文物市场民俗市风相当传神自然(张君默自己也从事玉石收藏买卖),第二层"老少畸情"也是香港娱乐杂志和通俗小说的常见素材,为什么还要在这玉玦上牵出一段与北方革命有关的历史呢?是不是有离奇的革命想象做背景,再荒诞的香港故事也能找到逻辑灾因、历史病源?

李碧华的《潘金莲之前世今生》中,女主角来港前在上海当样板戏芭蕾舞演员,曾被造反派领导强暴,貌似武松的男友忍气吞声敢怒不敢言,种下了后来在香港的感情悲剧。黄碧云的《无爱纪》中,女主角与女儿争夺男友,其父亲当年在内地也有一段痛心断齿的感情旧缘。很多香港故事里的性格悲剧、人物悲情和难以解开的情节绝境、心理死结,其根源常常都可以上溯到北方的革命及其后果。

李碧华和黄碧云的作品比张君默的《玉玦》更为出名,技巧也更纯熟一些,但将北方动乱假设为香港故事奇情病源的叙述策略却是相通的，"革命想象"在香港公众阅读市场里的叙事功能也是类似的。因为这些作家在香港本土成长（或早年来港），有可能有机会或有距离对内地革命隔岸观火，所以这些"革命想象"相比前面讨论的香港小说与"北方记忆"，更夸张、更煽情，也更符合充满难民记忆的本土阅读期待。

四 《真相》：解决方案

但香港小说并不满足于将"北方故事"作为灾因前传，更试图为有关革命的悲情故事寻找结局、了断与解决方案。这种情况在香港文学的早期已经出现但不成功：受到夏衍（华嘉）评论鼓励的侣伦的长篇小说《穷巷》，主人公们从内地来香港寻找经济及心灵上的生活，几经努力，仍然失败，最后只好又重回内地寻找光明。

钟晓阳《停车暂借问》里的民族、阶级与爱情矛盾最后也在香港得到出人意料又不如人意的现实主义结局：女主角可以痴情不顾一切，男主角却饱经沧桑，心灰意懒，悄悄逃遁。《霸王别姬》小说原作也写两个男主角历经抗日、内战、"文革"多番生死风雨后在香港电车上重看中国半个世纪现代史，唏嘘感慨。《素叶》作家辛其氏的《真相》[1] 比起上述几篇名作无可奈何

1　辛其氏：《真相》，《素叶文学》1982 年 3 月第 7 期。

的结局来，更为革命悲剧找到某种积极的香港角度的解决方案。

小说截然分成两部分，第一部分讲在一个介于广东与广西之间的村镇上，一对孪生姐妹如何从小就不和、争斗和吵闹。第一人称的姐姐有叙事立场优势，在小说中显得心地善良，深得父亲和祖父宠爱，但却是姐妹之争中的弱者和受害者。妹妹因出生时母亲死亡而被家人歧视，从小心肠硬，诡计多，从抢玩具奶瓶到争学校分数及表演机会，再到见姐姐落水见死不救，再到"文革"时造反批判父亲、监视姐姐，姐妹间的嫉妒变态渐渐发展为家庭之间的仇恨。由于妹妹带人在树林里追踪批判恋爱中的姐姐和男友，第一部分结束时姐姐的男友也坚定造反并抛弃女主人公。

所有这些情节都有可能在革命运动中发生，但描述语言的"隔膜"很值得注意："儿时家有长工黄婆"已不大可能。主人公因逃会就有"学习小组的组长向我施行一系列的再教育"，显然是局外人的想象，因"文革"中已少有"学习小组"，"再教育"也另有特定所指。树林里"捉奸"时造反派妹妹这样斥责"我"的男友："陈孟冬，今日有理想的青年人都在为国家而流血而受伤，就以我们学校来说，好不容易总动员起来，为建设一个完美的社会主义新国家夜以继日地工作、检讨、学习，贡献我们的力量，你看你，却躲到这里来搞儿女私情，你难道不惭愧吗？"从语气到政治术语，都不像"文革"语言。同样描写上纲批判，与前面讨论的杨明显《姚大妈》里的台词对照一下，简直让人怀疑是否是同一种中文。但对于在香港土生土长、温文尔雅写文章讲"文革"的辛其氏来说，就算模拟不了革命的内在真情，也反而可以从外隔岸窥见革命的另一种真相。和《霸王别姬》一样，《真相》也将暂时的荒诞革命与更长久的人性之合理缺陷（嫉妒、欲望、争夺、暴力、虐待与被虐待）结合起来考察，并在小说第二部分中提出了她的（内地作家完全无法想象的）独特药方。

与第一部分梳理虚拟北方记忆很不同，小说第二部分突然转为刑事侦讯：来港十二年的女主角程雨被控杀人而且自首认罪。原来姐姐逃亡来港之后进厂做工，渐渐和管工郭祖民一起共建新生活，不料妹妹程云在家乡揭发批斗父亲之后也设法"偷渡"来港。"我"不记前仇，照顾妹妹工作生活，谁知妹妹又精心设计色诱姐姐的未婚夫。"这些年来你为什么还不放过我？"女主角的绝望呼喊也是所有难民的最大噩梦：好不容易到了香港，过去的阴影又追随而来。故事的进一步发展惊心动魄：妹妹砍死了姐姐的男友又伪装现场嫁祸于姐姐，姐姐看清这一切，"呆坐厅中，苦苦思索。祖已经死去，生存在这世上对我已经没有意义。要把凶手绳之以法，而这一个凶手又竟是我的双生姐妹。我们都受制于命运，是性格的奴隶，冥冥之中有一股力量把我们推向一个绝望的处境，祖已付出他的代价，至于程云，我相信她必得有一天死在自己的良心之下。……程云既一日不可容我，而我亦心力交瘁，反正什么都无所谓了，踏进她的设下的圈套，未始不是我个人情操的一种完成。"[1]接下来就是女主角认罪，被宣判坐牢……鲁迅预言过的"革命，革革命，革革革命，

1　辛其氏：《真相》，《素叶文学》1982 年 3 月第 7 期。

革革……"[1] 的恶性循环竟在香港遇到了一个基督教式的意外了断，是打你左脸一耳光再送上另一边面颊？是不如让给丑恶来开垦，看它造成个什么世界？是玉石俱焚在宽恕中涅槃？……总之，香港故事这时给内地革命提供了一个"想象的结局"，一个在别处不可能出现的"解决方案"。辛其氏也没有奢望任何人，尤其是"革命人"会甘愿接受这一结局方式。在全篇姐姐的第一人叙事之后，小说最后出现了妹妹的宣言，她从美国写信给狱中的姐姐："……我得不到的东西必教任何人也同样得不到，我以为你会向我报复，但你没有。曾经你爱的人死了，你居然无动于衷，你居然安稳地踏进我的圈套，你究竟要向世人证明什么？要向我证明什么？我讨厌你这种伪善的姿态，你不要以为我会心存感激，我不会容许自己成就你的完美，我们的斗争将永远持续下去，你无法逃避，我将如一个魔鬼那样对你缠绕，我不原谅自己，但也不会原谅你！"[2]

看来"革命想象"还是没有结束，还是紧追不放……

香港小说中的很多人物及其家族在各个时期都与内地背景直接间接有关，这些文学人物的生态心态及其在几乎每个历史阶段都难以完全摆脱"北方记忆"及"革命想象"。以上四篇小

1　鲁迅《小杂感》："革命，反革命，不革命。革命的被杀于反革命的。反革命的被杀于革命的。不革命的或当作革命的而被杀于反革命的，或当作反革命的而被杀于革命的，或并不当作什么而被杀于革命的或反革命的。革命，革革命，革革革命，革革……"

2　辛其氏：《真相》，《素叶文学》1982 年 3 月第 7 期。

说从某个特定角度阅读，也片断记载着香港小说对革命或"有心记忆"或"艰难遗忘"或"寻找背景"或"告别了断"等种种复杂应对姿态。一向比较能把握本土公众潜意识阅读需求的李碧华，在运用北方布景讲述香港故事方面，近年有新的发展，即不再消极等候应付追随而来的阴影，而是主动北上"迎击"：为香港畸情故事想象北上情节的有《"月媚阁"的饺子》，为抗日战争、国共内战的悲情惨果寻找比辛其氏更积极、更具体解决方案的有《烟花三月》。后者系长篇小说，超出了本文的范围，容后再讨论。

（本文收入《许子东讲稿·卷二》，
北京：人民文学出版社，2011 年）

2000年香港文学一瞥

日前和一班圈内友人说起今年香港文学的情况，至少有三件事值得提起：一是"艺展局"改名"艺发局"；二是文学期刊的突然繁荣，尤其是《文学世纪》杂志的创刊、成功和停刊；三是秋天的张爱玲研讨会。

香港政府属下的"艺术发展局"，专门负责向文学、摄影、舞蹈、戏剧等类别的纯文艺发展提供资助，若干年来对香港文化颇有贡献。诗人梁秉钧（也斯）、评论家张灼祥等都担任过文学委员会的主席。读者若留心书店内的纯文学书架（通常与对面的流行文学书架壁垒森严、界限分明），很多作品集后面都标明"承蒙香港政府艺术发展局资助"的字样，其中也包括西西《飞毡》、钟玲玲《玫瑰念珠》、黄子平《革命·历史·小说》等。但近两年来有关艺展局文委会的非议渐多，先是前文委会主席惹上官司，换人以后又在资助拨款运作程度方面受到不少批评（如《信报》2000 年 12 月 18 日刊文《艺发展文委会搞乜鬼？》等），据悉 2001 年文委会将由商务印书馆陈万雄先生出任主席，但愿会有一番新局面。然而"艺展"改名"艺发",确有耐人寻味的反讽意义。弄文学的人谁都明白,文学不是"易发"的行业,要求文学"易发",何必还要"艺术发展局"资助?

2000年开春,香港文学界突然繁荣起来,一下子出现了四五家纯文学期刊。其中有《作家》《纯文学》、"具有香港乡土文学倾向"的《炉峰文艺》,还有前些年创刊的《香港笔荟》《当代文艺》,再加上已坚持多年的同人文学杂志《素叶文学》,和在2000年9月改版,由刘以鬯转交陶然主编的《香港文学》月刊,以及香港作家联会梅子主编的《香港作家报》等。一个六百万人口的城市,居然同时拥有七八家纯文学期刊,一时间令人眼花缭乱,看来新世纪果然与文学繁荣有关?在这些期刊中,最令人瞩目的当然是《文学世纪》(这个充满自信的刊名据说是黄子平的建议)。《文学世纪》由刘绍铭、郑树森、卢玮銮、黄继持、戴天、黄子平任顾问(他们不仅"顾问",还都积极为刊物撰稿),总编辑是颜纯钩。上述别的期刊或多或少都有(或曾有)"艺发局"资助,再加上商家赞助、同人苦撑。《文学世纪》则是"艺发局委约出版",先编出第一期稿子再申请钱,编辑的眼光和热心,又适逢世纪之交香港文化转型,"香港文学"成为身份认同和身份危机的热门话题,刊物迅速吸引了香港本土以及海内外很多名家及新人撰稿。自2000年4月创刊号起,连办"黄碧云专辑""许荣辉小辑""也斯专辑""黄燕萍小辑""高行健特辑"以及"李欧梵专访""金耀基专访"和黄子平、许子东关于香港文学评奖的对谈。先后发表了也斯、董启章、王璞、戴平、崑南、海辛、韩丽珠、余非、西西等人的小说,和蒋芸、陶然、小思、多多、黄灿然、梁锡华、郑树森、彦火、阿浓、辛其氏、叶辉、陈慧、廖伟棠、王安忆、舒非、刘绍铭、林文月、陈炳良、洛枫、王良和、思果、刘再复等人的散文、新诗或评论。短短几个月内，毫不夸张地说，《文学世纪》在整体质量水准上，已不在内地一些最有名的文学月刊之下，初次发表的董启章和黄碧云的中篇新作《那看海的日子》和《七月流火》，都是今年香港文学的重要收获之一。更令年轻读者关注的是刊物还推出"香港大学生作品大展"以及黄子平组稿的一些很有锋芒锐气的大学生评论文章。然而，这样一家认真严肃的期刊，在年底被迫停刊——因为得不到"艺发局"的及时资助。香港的经济这么繁荣，却容不下一份好的文学杂志。当然，《文学世纪》停刊，仍有其他五六种文学杂志。但为什么，首先停刊的，是其中几乎有目共睹最出色的呢？

中国大陆是全世界文学期刊最多的地方，除了每个省、市有诸如《上海文学》《作品》等月刊外，还有很多大型双月刊如《收获》《钟山》《大家》等，不过近年来，月刊的生存越来越艰难，销量不过万，都面临"断奶"危机。台湾的文学领域主要不在期刊而在报纸副刊，副刊文学相当繁荣。香港的副刊虽多，纯文学地盘却不多，书籍出版方面亦舒、张小娴、深雪、李敏作品的一贯畅销突然遭遇内地出口的"新新人类"作品的竞争。倒是李碧华的《烟花三月》，以畅销小说格式写国难女仇（慰安妇），与黄碧云《烈女图》共同构成今年女性创作的新图景。地铁、巴士上当然仍有很多人看武侠漫画，但纯文学也有其稳定的读者群。比如《香港短篇小说选（1994—1995）》和《香港短篇小说选（1996—1997）》出乎意料地脱销重印。仅销台湾、香港的选本印数也不比内地出版的全国小说年选少很多，说明我们很难忽视香港文学的独特性（这套"香港小说双年选"将和王安忆编的《上海小说选》、王德威编的《台北小说选》一起在上海出版，"三城记"或许会使人们从一些新的视角阅读香港文学）。近年香港文学发展的另一个契机是1997年回归之后很多海内外专家学者在香港任教或访问，而且他们都很热心于有关当代文学及文化的评论研究（这正与内地当代文学越来越少专家与专业评论的情况形成对照）。比如9月在岭南大学召开"张爱玲与现代中文文学"研讨会，就引出了有关张爱玲与香港文学关系的很多话题，夏志清、刘绍铭、刘再复、王德威、郑树森、温儒敏、王安忆、朱天文、也斯、戴天、蒋芸、黄子平、许子东、陈国球、陈清侨、郑培凯、甘阳、刘小枫、张隆溪等海内外学者出席会议，香港各大传媒纷纷转载。一时成为"城中话题"，也为新世纪的香港增添一些文学气氛。

讲了不少与笔者自己有关的文与事，看似自我吹嘘，其实也是孤寂中自我打气。

但愿，"文学世纪"在香港不是太短促，而是刚刚开始。

（原载广州《羊城晚报》，2001年1月）

现代文学中的上海、北京与香港

地　　点：香港凤凰卫视中文台"世纪大讲堂"

时　　间：2002年11月9日

主讲人：许子东

主持人：会当凌绝顶，一览众山小。圣凯诺·世纪大讲堂。

在前年夏天的时候，上海文艺出版社的总编陈保平、上海作家王安忆，还有香港岭南大学的副教授许子东，他们在一次闲谈当中谈到，为什么我们不出版一套书，把香港、台北、上海联在一起，以它们为线索，让我们的读者去了解中国最灿烂的三个现代化大城市呢？一年之后，"三城记"小说系列就问世了，随着媒体的宣传，"三城记"享誉全国，同时，还有一个概念进入到我们的心里，那就是在小说中阅读城市。现在我们就把丛书的三个动议人之一、岭南大学的许子东教授，请到我们的现场，由他给我们带来一次精彩的报告。但是这位许子东，是何许人也呢？我们先看一段小片子。

（许子东简历）

主持人：好，看完小片子，我们回到现场，我的问题从小片子里得出。我知道您对女子是有研究的，而且在东京的时候，还在女子大学工作过，正好有一位网友，他提前迫不及待地让我首先问您这个问题，不要放在节目快结束的时候，作为一般的网友问题提出，以便让大家了解您的性情。这位网友说，早年看过您谈"五四"文学中的三个爱情模式，研究爱情和女人。这三个爱情模式是什么呢？第一是书生拯救风尘女子，第二是书生创造新女性，第三是书生在纯洁的女性面前净化情欲。看过《锵锵三人行》的观众都知道，您好像除了很了解城市和城市文学以外，还非常了解城市的女性，是不是这样？

许子东：还要继续学习。

主持人：他除了让您说这么简短的一句话以外，还想让您简单地分析一下这三种类型到底是怎么回事？

许子东：等一下我讲的内容会牵扯到。

主持人：哦，一会儿会有？

许子东：联系上下文，我再回答他。

主持人：那好，那这位网友就不要太着急了，你想通过这个问题了解许教授的企图，也没有"得逞"。为了弥补这个没有"得逞"的问题，我再问一些别的问题，让大家了解您的性情。您看片子里还介绍您务过农，您农活干得好吗？

许子东：挺好，我是生产队副队长。我的腰就是那个时候插秧插坏的。插秧是这样，直下来这样弯，腰不容易坏，插得好的人得往后蹲，特别酸，我插得好，在田里开头路。可是那个时候年少不知道保护腰，现在腰就不行了，不过我干活干得挺好。

主持人：务农把腰做坏了，那做什么轧钢工人呢，又做坏了什么？

许子东：做轧钢工人，有了气喘病，因为特别冷、特别热，前面是火红的钢条，后面是巨大的鼓风机，不过学了很多东西。我就没当过兵，其他差不多都干过，当然领导干部也没做过。

主持人：总之，做农活是伤了腰，然后做工人是伤了肺，是吧？

许子东：气管。

主持人：伤了气管，肺的前提。后来做学者呢？

许子东：做学者就"伤了"灵魂。

主持人：啊，那怎么办呢？接下来，咱们就由这位灵魂受到"伤害"的许子东教授，给我们带来精彩的讲演报告，讲演报告的名字是"现代文学中的上海、北京与香港"。有请。

许子东：研究城市呢，有三种方法。第一种是社会学的，就是从文学去看社会的发展。我最近有个学生就是研究从老舍到王朔的小说的语言变化，这变化背后能看出北京城几十年的历史。第二种是从风格流派，文学史的角度去研究文学。北京有个学者吴福辉，研究海派文学，他就是用这个方法。第三种方法呢，现在叫文化研究，现在最流行的，那就是把所有城市里你看到的文学作品，广告、橱窗、电视画面，包括我们阿忆先生的衣服、话筒这些所有东西，都看作一个文本，有人研究电话簿，有人研究自动电梯，还有哈佛教授研究美国很多食街，大家知道，食品广场的那些不同分店、不同国家的名称，合成一种想象的世界。现在研究比较好的是李欧梵教授的《上海摩登》，就是这样做，这个是后现代的研究。

我的方法是第二种，从一些旧文，就是从你刚才提到的问题这个地方开始讲起，但是我倒过来，不是从城市的生态讲到作家心态，而是从作品文本倒过去讲城市的生态。这是我的方法。

讨论文学和城市的关系——比如我们讨论京派和海派——的时候，三个因素是一定要考虑的：第一，这个人是不是在这个城市生活，在这个城市写作；第二，他是不是描写这个城市；第三，他是不是在这个城市发表，是不是在这个城市出版，换句话说，他是不是在这个城市拥有固定的读者。可是实际上文学史的情况比较复杂，我举几个作品为例。

曹禺的《日出》大家都看过，《日出》被认为是写上海十里洋场的很典型的一个戏剧，可是曹禺写的时候，人在北京、天津，他不是上海人，他只去过上海，1934年的时候，去过一个礼拜，四马路转了一转。大家知道，四马路以书店和妓院著名，对文学和女人有研究的人，就去那个地方。他去了以后，又受到阮玲玉事件的刺激，这个作品在上海发表，在上海演，可是他后来在京派《大公报》得奖，所以他算是海派还是京派呢？这是第一个。

第二部作品，我不知道你们看过没有，就是《啼笑因缘》，张恨水的，你们这么（喜欢）看的通俗小说，可是这是个非常重要的鸳鸯蝴蝶派的作品。写的时候，张恨水在北京，这也是为什么要讨论北京，这是写北京的故事，《啼笑因缘》的故事发生在北京，可是他怎么写的？是上海新闻报的主编严独鹤到北京来约稿，我一会儿会讲，约他替上海的读者写，换句话说，他是在北京写北京，但是写给上海人看。

　　第三部作品,我想同学们大概也知道,张爱玲的《第一炉香》。《第一炉香》写哪里啊? 写香港。对不对? 现在被认为是香港文学的经典作品,可是她在哪里写的呢? 在上海写的,而且她说明了我是用上海人的观点去写,我是为上海人写作。

　　所以,我举现代文学史上这几个例子,你们可以看到情况很复杂,就是在哪里写,写哪个城市,为哪个城市写,中间的关系会非常复杂。妙的是,这三部很典型的都跟上海有关系的作品,其实讲的是同一个故事,一个什么故事啊? 讲一个女人,在城市里堕落。女人在城市里堕落,是城市文学的一个我不能说永恒的主题,至少到目前为止,是一个非常常见的主题。原因是什么? 我们等一下再讨论。可是这三部作品的写法很不一样。

　　大家记得《日出》,陈白露一出来已经堕落了,住在酒店里,穿豪华衣服,有几个有钱的男人养她,方达生这个知识分子跑去要救她。她就说,你能救我吗? 接下去,如果我们说,这个女人的堕落有一个过程的话,那么在《日出》里边,这个过程前面的因是淡的,虚写的,我们只知道她是什么女校毕业,做过红舞女,做过影星,家庭出身很好,简单的几句话。但是我们看到她,一步一步,最后,大家记得,拿着药片,这么年轻,这么美丽,外面号子一响,日出,太阳出来了,可是太阳不是我们的,自杀了,这是她堕落的结果。

　　《啼笑因缘》既有凤喜前面堕落的经过,又有她后面堕落的后果,跟《日出》很不一样。《日出》为什么要这样写,为什么要强调后果? 《日出》没有交代陈白露从一个学生,变为一个交际花,她自己有没有选择的权利,没有回答。所以呢,曹禺很同情这个女主人公,怎么证明她的良心、善良呢？就是看窗外,外面结冰了,有一点冰花。"方达生,你看,有冰花",这就证明一个人是善良的了。

《啼笑因缘》的主角是唱大鼓的凤喜。男主人公是一个书生,书生给了凤喜一些钱,把她救出来,可是她碰上了一个更有钱的军阀,那个军阀用了各种方法把她弄去,最后有一天,一个关键的时候,军阀比现在很多"包二奶"的人要好多了,他居然跪下来,把存折拿在手上,说我要娶你,这是今天很多"金丝雀"想追求都追求不到的。大家明白这当然是一个堕落的关键,可是张恨水很有趣,就在那个瞬间,她的窗外,居然有几个会武功的人等着救她,就是关秀姑,樊家树的另外一个女朋友,他们等着,说万一他要对她怎么样,会进去救她。当然凤喜不知道外面有人救她。为什么要安排这么一个情节？就是说,女主人公的堕落是她自己选择的,她没有到完全走投无路的地步,因此她后面就要付出代价。她后来发疯,结局很惨。张恨水说,我不要让她死,死是太重了,她不过就是贪图虚荣。但是发疯是要发的,要不然我不是教人以偷吗？你看,这个通俗小说既满足一般民众的白日梦——贫穷女子突然富贵,但同时又劝善惩恶。这是"三言二拍"以来所有通俗小说的基本模式,张恨水掌握得很好。

第三部作品就是《第一炉香》。非常有意思,《第一炉香》的结尾,大家记得吗？在湾仔,已经堕落的葛薇龙看到街边有妓女,有外国的水手向葛薇龙丢花炮,旁边的乔琪乔,就是对她很不好的丈夫,说哎呀,他们把你当作街边的流莺了。葛薇龙回答,我跟她们有什么区别呢?不过她们是被迫,我是自愿的。接下来张爱玲有一段非常妙的意象描写。乔琪乔不说话了,一边开车一边抽烟,烟头在黑暗中闪了几下,然后就熄灭,短暂的一个灿烂。我一直觉得《第一炉香》好像《日出》的前半部,《日出》是《第一炉香》的后半部。《第一炉香》不是写女主角堕落的结果,堕落以后不写了,将来的惨况不写了,可是它告诉我们,女主角在堕落之前是怎样一回事,就是一个普通人,怎么从合理的虚荣,一步步走向荒唐的堕落。故事情节我不想多叙述,我只想强调其中有四次选择。

第一次选择,她一到香港半山找到她的姑母,一看觉得姑母的生活方式不对,回头一看就觉得她姑母的家像半山的一个坟,可是她还是去了。在座的同学我想问一下,如果你们突然到了旧金山,找到一个有钱的姑母,她能够资助你在斯坦福或者加州大学伯克利分校读书,她愿意资助。可是你一去她家,她家里太豪华了,全部是Versace,整个生活方式有一点问题。哦,我没说Versace有问题啊,大家不要误解。然后,多少同学说这个资助我不要了,我回北京?多少同学马上回来的,举手。一个都没有吗?

主持人:有一个在扶眼镜。

许子东:那也太……稍微有一两个表示一下。

许子东:可是她很快就发现一个问题了。姑妈很好,给她准备了一间很好、很漂亮的房间。大家要记得小说里,她打开衣橱是什么样?什么衣服都有。她一件一件地试啊,试完以后,她咣当一下坐在床上说,这不等于长三堂子进一个人吗?什么叫长三堂子？那是上海的高级妓院，非常高级，她明知道等于长三堂子。可她晚上做了一个梦，梦到衣服全围绕住她。然后，她决定不走了，看看再说。要是你们也碰到这样的情况，也发现有这么多衣服，晚装、比基尼什么都有，发现你的处境有点类似于某种夜总会的角色，多少同学这个时候会回来？

主持人：这次举手人多了，还有好多男同学也举手了。

许子东：男生是这样，男生肯定举手，因为他们听到衣服本来就没兴趣。男生你想一想，人家送你一台Jaguar，一台法拉利，就是那种很时髦的，哦，宝马，送你一台宝马，两个门的，白色的，在外面，回来不回来？

观众：不回来。

许子东：哎，这些男生，你看，变节快吧？刚才很多男生举手，一听说宝马（就不回来）。不过女生有三分之一回来了，我刚才大概估计了一下。可是那个主人公很不幸，她没回来，她没从香港回上海。接下来，第三次选择，小说写得真精彩。一个暴风雨的晚上，在一辆车里，有一个叫司徒协的老头，那个老头就送了一手镯给她的姑妈，送完以后，在谈话间不提防的时候，"啪"一下，在葛薇龙手上也套了一个。很贵的，这一套上，她当时就说像手铐一样，这一套上，葛薇龙就知道，她的培训期完了，接下来就要工作了。接下来她就开始跟乔琪乔谈恋爱。这种时候，有多少同学回来？有人突然送给你这样贵重的礼物，而且你发现你要付出代价了，这个时候有多少同学回来？差不多一半。

主持人：哎哟，还有另外一半怎么办？

许子东：还有另外一半就到第四次选择。所以说，小说好在哪里？就是把很多普通的、我们都有的虚荣，一步一步很合理地推向……大家知道，后来发生什么？后来她跟乔琪乔谈恋爱，她喜欢乔琪乔，可是乔琪乔马上就跟下面的侍女调情，她要从乔琪乔的眼睛里看出他是否爱她，可是她看到乔琪乔戴着太阳眼镜，在他的墨镜里，葛薇龙看到自己缩小的身影。大家看看张爱玲的这种意象，既是写实的，又是象征的。

接下来，她应该走了，可是她突然生病了，生完病以后，她说可能这个病是有意生的。最后那一段，大家应该记得非常清楚，那一段写得非常妙，乔琪乔开着车，她在路边走，乔琪乔在路边给她赔不是，她不理，她责怪他，然后她一个人往前走，她以为乔琪乔会跟上来。乔琪乔把手趴在方向盘上，男人这一招很厉害，趴在方向盘上也不说话，也不跟上来，然后葛薇龙回头一看，只觉得整个背景像一张图片，什么是真，什么是假，这个就是她一贯的逻辑。以后七巧也有类似的犹豫，白流苏也有类似的犹豫，爱就是这样，什么是真，什么是假，最后结局大家都知道，她帮男人找钱，帮姑妈找男人，大概是这样吧，反正就是堕落。

三部小说同一个故事，一个是戏剧，两个是小说，同一个故事，都市的故事，分别发生在香港、北京、上海，可是三种不同写法，产生了三种不同的意义。《日出》的写法是忧国忧民，批判社会，正因为女主人公是无辜的，值得同情的，所以整个悲剧是谁的错？社会的错，万恶的大上海，十里洋场。整个《日出》你可以说它是用左派意识形态阶级分析的方法，批判上海十里洋场，对不对？各色人等，胡四、顾八奶奶、银行家，背后有个金八，下面有自杀的银行职工，整个中国社会各阶级分析，一个文学版的社会各阶级分析。可是曹禺不单单只是从阶级分析角度写，他有一个站在北方中原大地乡土角度批判上海的立场，这个立场，就要靠第三幕来实现，就要靠有一颗金子一样的心的翠喜来实现。所以，同样描写上海，《日出》是一个京派的戏。

虽然《啼笑因缘》写在北京，又写北京，可是它却是一个典型的上海市民的白日梦。里边有三个人，当初严独鹤去约稿的时候，就说，第一，上海人要看武侠，所以有了关秀姑。第二，当时有一个唱戏的高翠兰被一个军阀旅长抢走，张恨水有点同情，又觉得这个事情有蹊跷，所以编出一个凤喜。可是里边最妙的，还有一个叫何丽娜。她长得跟凤喜一样，美貌又虚荣，可是她有钱，她买花就买很多，还会跳舞，可是她后来全改好了，她对着那个书生百依百顺。为什么？因为这个小说后来在上海连载，每写一天，那边很多人排队在等，所以那个作品是上海小市民和张恨水共同创造的。我一直在想，如果这个小说是在北京连载的话，最后那个男主角可能就选关秀姑了。北方侠义，这个女的也漂亮，对不对？可是上海人他怕，有一个会武功的女朋友在旁边，他怕啊，凤喜又太贱，怎么着呢，他们就想象出，哪有这个可能，一个买花买几千块的女的，居然后来都住到西山去，为他清心寡欲，那就完全满足上海小市民的欲望，所以这真是一个通俗文本。

当然，张爱玲就很不以为然。张爱玲不是要满足人的梦，她是打破我们的梦的。所以呢，她是第三种，当然还有一个不同的地方，我想特别指出，大家注意没有，前面两个戏，都是女的堕落，都有一个男的在旁边痛苦观看，这个男的是最让作者投入的。张爱玲不是，张爱玲从女的角度去写，对不对？这是另外一个不同。

接下去，我们就要把话题往大的地方引申了。严格说这是三种广义的海派文学。《日出》是"上海批判"，《啼笑因缘》是"上海趣味"，或者说上海梦。张爱玲这个我想不出名堂，我只能叫它"上海解析"。其实这里边有点玩弄文字，解析和批判和梦的界限都很微妙，三部作品大家看到其中的区别。第一种特点是批判城市，但是背靠乡土。中国现代文学里边，写上海的，甚至最热爱上海的，像《上海狐步舞》，穆时英的，这种作品都说"上海是造在地狱上的天堂"，都是持批判态度的。所以这种对上海的批判是阶级论和乡土论的结合。那张恨水当然就是大部分民国读书人口的阅读需要。张爱玲她自己基本上是都市人，是某种都市文化的自审、自嘲、自恋跟自我解嘲。

我们再放到现代文学史上去看这三部作品，看海派文学。简单地说，现代文学史的书写，从50年代到现在大概有这么三个阶段。第一个阶段是从王瑶写最早的现代文学史，差不多40年代末到"文革"，这个阶段有刘绶松、张毕来、唐弢、严家炎、樊骏很多人写，你们前些年读的基本教材都是这些。这些文学史为什么写呢？就是因为它在，大家知道，新中国成立以后，毛主席说，两条战线作战，一条是军事战线，一条是文化战线，功劳不得了，那我们要总结文化战线。

80 年代情况变了，"文革"教训出来了，文学不能那么为政治服务，所以那个时候的现代文学史，大家就正好相反，前面是找为政治服务的作家，80 年代以后就特别去寻找不那么为政治服务的作家，就是忠于艺术、忠于个性的作家。

90 年代呢，现代文学史出现两个新问题，第一个是怎么回答全国那么多人看金庸。记得那时候，有一个后来还受批判的报告文学作家，他到上海开会，发言的时候说，我到处在上海的弄堂走，到处听到《霍元甲》的主题歌，我心痛。我说你干什么心痛，他说我们革命这么多年，我们革命文学这么多年，难道人民群众喜闻乐见的就是这个吗？因为革命文学从"讲话"以来，大家就追求一条：我们要写得好，同时要有很多的人看。几十年以后，他们发现，在座那么多人，我不知道你们多少人看金庸、古龙、李碧华等，国内现在有池莉、王朔等。这么一股强大的文学现象放回来，使得我们必须重新回头看鸳鸯蝴蝶派，重新回头看张恨水。

另外还有一个情况，现代文学史本来是写到 1949 年的，写到 1949 年，张爱玲跟钱锺书只是现代文学史尾段的小小异数，可是问题是，现在我们把视线一拉开，哦，不是 1949 年，有 20 世纪中国文学这一说，黄子平他们提出这个概念，一考虑后五十年，张爱玲就不只是一个异数了，我们现在马上就发现，后面有白先勇、钟晓阳、黄碧云、王安忆、苏童、朱天文，有一大堆都市文学的发展脉络。张爱玲这个传统，就变成要重新看待了。在这个意义上，我们发现原来讲的海派的传统，就出现了几重多义性。

　　所以，后五十年的，尤其是把海外中国文学的版图一变化，整个中国文学的大的 20 世纪的文学线索就发生了变化。不过我说这个话，知道肯定有听众已经不同意，特别是知识分子，国内的有些知识分子对近年的张爱玲热其实是有一点反感，为什么？第一，他们觉得俗，觉得张爱玲俗，这个我等一下要讲，其实不是。第二，他们觉得有意识形态背景，就是觉得以前踩这些作家有意识形态，现在抬他们也有意识形态。那客观来说，张爱玲，她的作品，这就回到刚才阿忆问的这个问题了，她到底有些什么特别的地方？我想讲三点。我尽量讲得简单。

　　第一，她的意象，她的写法，是以实写虚的。我举几个例子会比较清楚。现代作家意象用得最好的，三个作家。一是鲁迅，鲁迅的意象是一针见血，结构性的，比如《药》，大家想一想《药》，看完以后，越琢磨越觉得这个药字意味深长。再比如像《祝福》，它结尾的时候，这样悲惨的情况，它来祝福。还有比如《阿Q正传》，你们知道那个 Q，一个尾巴，一个辫子，没眼睛，没嘴巴，这是周作人的解读。那其他两位呢，除了鲁迅以外，钱锺书跟张爱玲的意象文字，都是非常了不起的，但是他们两个人的方法很不一样，次序相反。我读一段文字，因为我这个人不能抽象讲理论，一定要讲文本。

　　钱锺书写："（沈太太）嘴唇涂的浓胭脂给唾沫带进了嘴，把黯黄崎岖的牙齿染道红痕，血淋淋的像侦探小说里谋杀案的线索……"张爱玲怎么写？《色，戒》里，"她又看了看表。一种失败的预感，像丝袜上的一道裂痕，阴凉地在腿肚子上悄悄往上爬"。

大家看到这个意象没有，他们两个人是倒过来的。张爱玲是把一种感觉，用一个物质的东西来形容，而钱锺书跟我们一般人的方向一样，是把一个现象，用一个外在抽象的东西（比喻），就是说，钱锺书是用抽象形容具象，张爱玲是用具象形容抽象。归根结底，我看作家，说一句实话，什么时代、政治、思想，到后来我都不看，最重要的是语言。要是语言都不能抓住我的话，这个作家，经不起久看的，只能看一遍。而张爱玲的语言背后，分析原因，有很简单的原因，比方说她家有钱，没落贵族，她真的喜欢很多实物，她真的有这么多东西，青瓷杯，银碗，首饰，她都有。但是第二个才是很重要的原因——张爱玲说过一句话。

引用这句话之前，我问问你们，看看她说得准不准。在座多少同学，先在电影里看到海，然后才看到真的海？（观众举手）大部分。在座多少同学先在电影里看到 kiss，然后才自己 kiss？（观众举手）比较少嘛。你们都是先自己 kiss 的，哦，厉害嘛。这两句话都不是我说的，都是张爱玲说的。她说，这是都市人的特点。什么意思？就是都市人接触这个世界，先是第二性的，物化的，然后才是世界自然的本原。所以都市人的感觉影响都市文学。这就牵扯到我们今天要讲的正题上了，就是这三个城市文学的一些基本特点。当然，她从这一点出发，背后有很多可以引申：什么是真，什么是假，而且为什么世界是荒凉的，可是她还留恋华丽小东西。她在文学史上的突破，这只是第一个。

第二个，就是先前讲的，"五四"的作家写爱情，基本有一个模式，这不是我研究的，别人研究的。就是男的去救一个风尘女子；或者男的自己有问题了，被风尘女子救；或者去创造一个女子（如茅盾《创造》）。一个特点是男的都是读书人，基本上谈恋爱的"五四"小说男主角，不能是有钱人，有钱人如《子夜》中的吴荪甫只会强奸女佣。你们有没有看到资本家谈恋爱，在现代文学里？很少。工人也不行，工人、农民谈起来，要么就是吴妈我跟你睡觉（《阿Q正传》），要么就是多多头在女人腿上捏一把（《春蚕》）。没好好看到过劳工恋爱的，不多，谈恋爱的全是读书人。大家知道那都是读书人写的，其实不是这样，各阶层都谈恋爱。但"五四"文学就是这么写。而且那些男人都特别忧愁、特别多愁善感。但重要的是，这些男的精神境界很丰富，可是女的都一个样，就是玉洁冰清，都长得漂亮，我没看到有说长得特别不漂亮的，很少，而且都良心很好，虽然处境已经堕落了，可是心地是很纯洁的。

　　张爱玲的《倾城之恋》，我第一次读真不喜欢，我觉得是很俗套的故事，后来才发现《倾城之恋》里有双重颠覆。我现在回答那位网友的问题了，颠覆在哪里？颠覆在，以前的爱情小说都是一男一女好，然后社会反对他们，梁山伯、祝英台，罗密欧、朱丽叶，子君、涓生，郁达夫跟他的女主角，都是两个人非常好，两个人之间没问题，然后社会压力、父母、环境，贴在玻璃窗上的塌鼻子、雪花膏们，所有这些人反对，他们跟社会作战。

　　到了《倾城之恋》，你们发现有没有人反对他们？战争发生在什么地方？两人之间。从此，爱情故事变成了男女战争。今天你去看香港、台湾的小说，我们选的"三城记"里面的爱情故事，哪谈爱情啊，那都是打仗，揣摩、猜测，你一句来，我一句去。有篇香港小说写得非常好，一个男的是公司的经理，请下面一个秘书下班坐他的车，前前后后坐了很多次，到最后手都没碰过，可是前后的心理斗争写得精彩绝伦、惊心动魄。从此，你们看到《倾城之恋》的颠覆作用。意象、都市性、爱情模式转变，当然更重要的是张爱玲作品背后的小市民史观，谁说张爱玲不关心政治，她挑战"五四"主流。傅雷当时就写文章批评她，说她《金锁记》好，其他的俗，她就写了篇《自己的文章》来辩护。她说像鲁迅那样，你们这是超人的文学，可我写的是常人，是"社会的妇人性"。

最后，我想跳到世纪末，跳到我们编的书里。有百位评论家选了 90 年代十名优秀作家，王安忆、余华、史铁生、张承志、张炜、贾平凹、余秋雨、韩少功、莫言、陈忠实。选出来以后，大家发现了几个问题。第一，王蒙、张洁、张贤亮这一代的人全没了，从中国现当代文学发展，一代一代这样挑战，我觉得不太公平。第二，90 年代新新人类全没有，不要说新新人类，就是像朱文、韩东他们这一批也没有。通俗作家一个都没有，王朔、池莉全部没有。第三，小说为主，只有余秋雨一个散文家，诗歌没有。第四，男女比例失调，只有一个王安忆，九个男的，还全都是我们知青辈的，很多都是我朋友。第五，只有王安忆的《长恨歌》是写都市。主流，今天中国的主流文学，是写"北方大地"，包括很多得奖的。这是今天的情况。

我为了做这个讲座，又把最近几篇我认为最重要的作品，写都市的，或者说广义一点写城镇的也算，把《废都》也算进去了，

《废都》是写中小城市。《长恨歌》、《废都》、香港作家黄碧云的《失城》，还有朱天心的《古都》，放在一起读，发现又都在讲同一个故事，堕落的故事。而这次还不单是女人堕落了，不是说男人看着女人堕落了，这次有很多就是男人堕落，比如说《废都》是写男人堕落，对不对？肯定是了。《失城》呢，整个城市的堕落。《长恨歌》是什么堕落呢？很难讲，表面上好像城市复兴了，可是最后那个上海小姐被一个非常粗鄙的新兴资产阶级、暴发户杀掉了，很多人解读说王安忆这里边有一种预告，今天上海在"伪造"30年代的上海，其实有很大的危险性，有人这样来解读。我不一定同意那么意识形态地来解读。

《古都》是写台北，写台北残留日据时代的一些影子，写得非常好，比较复杂，很难用一句话概括，推荐大家去看，但是是"堕落"。我看完以后就在想，怎么回事呢？我们的城市是越来越漂亮了，楼也越来越高了，人也越来越光鲜明亮了，设备越来越好了，我们的城市文明也一天天发展了，主旋律、副旋律，交响乐都很发达了。对不对？为什么在这些作家笔下，"堕落"却成为都市文学一个挥之不去的主题呢？再讲深一点，到底是"乡土"的安身立命的价值观立脚点，觉得"乡土"的东西到了都市就会"堕落"呢，还是说某些"乡土"的东西，使得中国的都市必然"堕落"呢？我没有答案，我只提出问题，这跟我平常上课一样，大家一起思考。

我今天就讲到这里。谢谢大家。

主持人：接下来，首先看一看网上网友对您的提问，然后咱们再请现场的观众朋友，跟许老师一起交流。

第一位网友叫"北京炸酱面"。他说，读了北京三联书店为您出版的《为了忘却的集体记忆》，您用结构主义叙述学和心理分析方法系统研究了80年代和90年代数百部反思"文革"的小说，这确是文学研究的方法论的一次精彩大操练。不过，您承认不承认，即使是用这种方法，您能揭示出的文学反思成绩并不怎么大，因为您是巧妇，但您没有米下锅，是不是这样？另外要问您，文学研究本来就够乱的了，头绪纷杂，您现在又弄出了一个在文学里阅读城市，要知道，90年代以后，是文化人越活越糊涂，老百姓越活越明白的年代，您这不是在迷惘的年代里给作家们添乱吗？

许子东：最后这句话，我倒很好回答，因为我就是老百姓。是不是文化人再说，但首先是老百姓。我觉得在小说中阅读城市，这可以使大家更容易在越来越相同的城市风景后面，找到不同城市不同的魂，因为现在真的看小说的人比较少，我相信出版社的目的，也是变着法子让大家读小说，体谅他们一番苦心。现在真的有很多好小说，但是大家太忙了，连我自己都没时间去看。前面那个问题呢，不能说巧妇难为无米之炊，因为我也不能说是巧妇，而那些作品的意思其实非常复杂，我觉得我只是做得不够，不过我倒谢谢这个问题，其实我想借这个机会跟大家说，我现在主要的研究，就是这一方面的东西，就是关于研究那些小说怎么讲述"文革"的故事。我不是研究"文革"本身，我是研究这个"文革"的故事怎么讲。我受刺激的是一个海外的同行跟我说过，他说有没有一部文学上站得住脚的作品，你们经历了这么大的灾难，跑出来说，我错了，我忏悔。

主持人：有啊，巴金、韦君宜。

许子东：散文回忆录。

主持人：哦，要小说。

许子东：要整本写自己一个人，我真的拼命在那里想，想来想去，这些作家，想了各种方法，最后都是别人错了，我受害了，或者是说我做过错事，但是我没错，或者是我错了，但决不忏悔，等等。所以后来我就下决心研究这么一个现象，就是说，最近一次得诺贝尔文学奖的（凯尔泰斯）还是写大屠杀的，"见证文学"始终是我们的一个责任，我还是希望，我还是觉得，中国作家还会写出很好的有关"文革"的作品，还是会有。

主持人：好，下面的发言机会，留给现场的观众朋友。

观众：您好，我想请问一个问题。刚才听了您关于文学的讲座以后，我就是感到，现在的都市文学里面，"堕落"应该说是很普遍的一个名词了。但是我想在这里，提到另外一位上海作家，她是一个网络作家，叫安妮宝贝。作为一个网络作家，也许登不了大雅之堂，也许您对她也不屑一顾，但是我想说，我从她的书本里，看到的已经不再是堕落，而是一种深深的绝望和孤独，看完以后，感到整个灵魂都是孤独的，在这个世界找不到共鸣。而且我感觉，这样的绝望是由刚才的"堕落"所导致的一种必然的结果。所以我想问您，在文学中普及"堕落"以后，是否就会出现这样普遍的绝望和孤独，或者说我们应该用怎样的方法去拯救这样普遍的"堕落"，而去避免将来会出现的普遍的孤独和绝望？

主持人：您可千万不要看这个安妮宝贝，本来您的灵魂就"受过伤"。

许子东：我认识她，一起吃过饭。

主持人：就是被她"伤害"的吧？

许子东：真的没好好读过，不过我看安妮宝贝样子很纯真的嘛，孤独吗？这个我不知道。不过，回到你的问题，文学里边孤独，那是永恒的主题，倒不单是都市文学。不孤独老是热热闹闹的，就不写文学了。文学本来的功能，大概就是这样，所以这个真的不必特别担心。还有"堕落"得讲清楚，不是人真的在文学里怎么堕落，不是文学怎么使人堕落，那我们文学已经很困难了，再给人加上这么一个（帽子），文学都是（引起）都市堕落的。不，文学只是描写这么一种东西，它当然想拯救。关于拯救的问题，我只有一句话，我说，自救吧，先别救别人，先救自己。

观众：许教授，您好。我对男人的问题比较感兴趣。您刚才说在一个男人眼睁睁地看着自己的女人堕落的问题上面，说西方的人总是从强者的角度来看，而咱们中国一般的作品是从弱者的角度来看。那么这个问题，从东西方不同的文化史、不同的历史、不同的思维角度来说，是不是有很大的联系？您能给我们解释一下吗？

许子东：首先，"西方"这个概念当然太大了，这也只能是一个习惯用语，严格来说，只能说欧洲的一些小说，我们不能用整个西方来讲。我说过，他们在表现三角关系的时候，的确比较多从强者出发，那如果从欧洲的角度来看，这个大家比较容易理解，因为他们是一种扩张性的文化，而且是强占性的，觉得这个世界不公平，我有能力，我把她抢过来，所以背后，当然从女性主义的角度来评论，这些作品的男性中心意识也是非常强的。女人、美女，在作品里面，也还是某种战利品，或者是某一种（土地、城市、山河）的替代物，这样来转换的。中国的情况，从大陆现代文学、台湾现代文学，一直到当代文学，一个现象，我专门写过文章，我觉得文学中有很多男人眼睁睁看着自己的女人被欺负的主题，背后也是跟过去近百年我们的民族处境有关系，就是说，我们通常的爱国的这些大的国家政治语言，常常是男性叙述，是通过男的叙述，要鼓励一个人爱国的最好方法，就是说敌人侵略了，他在强奸我们的姐妹，这是鼓励我们每个国民爱国的最强有力的鼓舞。这个在文学里就表现得更加曲折，但是主调是一致的，所以在这背后，你可以从民族国家语言的角度去分析，也可以从民族心理的角度去分析。不过，我再说一遍，都只是局部作品，你完全可以找出另外一些作品，来反证我这个看法，来反驳我的看法，都可以。

主持人：好，谢谢许老师。在节目马上就要结束之前呢，您也知道，常看这个节目的都知道，就是最后我要问一个问题，您必须用一句话来回答：假如有来世，我们还是研究文学的，有三个大城市，北京、上海、香港，让您选择居住和写作，您选择哪一个城市？为什么？

许子东：生活在上海最好，赚钱在香港最好，读书在北京最好。

主持人：这也算一句话。是怎么说来着，生活在上海，赚钱在香港，读书在北京。好，我们现场的读书人，都是在北京读书的。

感谢许老师，从香港那么远的地方跑到北京来，为我们读解三个城市当中的文学，也感谢北京广播学院的同学和老师参与我们的节目，圣凯诺·世纪大讲堂，下周同一时间，千万不要错过。再会！

（本文收入《许子东讲稿·卷二》，

北京：人民文学出版社，2011 年）

第二辑

长篇短评：李碧华的《烟花三月》

数年前就听阿城说，李碧华是香港的张恨水。这话在阿城说来是很高的称赞，因为他一直认为20世纪中国文学的主流是俗文学，张恨水是其中最重要的作家。

《烟花三月》在篇幅上，可能也是分量上比李碧华以前的作品都要厚重。严格说来，《烟花三月》并不是长篇小说，也不完全是长篇报告文学。报告文学一般记录、描写已发生的事件——比如女主角的"慰安妇"经历等。但作品的后半部分作家不仅记述事件，而且直接投身情节，参与创造事件。于是《烟花三月》便成为某种文学体的"现场直播"，其文体实验意义远比红墨印刷、插图拼贴等后现代装帧更为重要。

然而我还是希望《烟花三月》只是长篇小说，但愿书中的人和事都只是虚构。这样作家、读者在共同展览同情心，不仅有意描绘昔日苦难而且无意间制造新的痛苦时，我们大家都可以比较心安一点。

（2000年5月）

也
读
董
桥

"五四"散文的几个基本发展路向，在20世纪后半期也随政治文化版图而变化——鲁迅匕首式的论战杂文传统后继者不多（近年有张承志怒骂王朔嬉笑，都多了些"兵气"），在海外李敖等文锋犀利，却也终觉"横眉"处多，"俯首"时少。而冰心、朱自清类的温柔敦厚亲情美文，在夏丏尊、叶圣陶等30年代为开明书店编辑《中学生》后，大半个世纪"背影文体"一直成为海峡两岸及香港语文教材主流，影响深远，但新作不多，较有成绩者大都出在台湾：张晓风、琦君、席慕蓉……真正奠定现代美文格局的是周作人、丰子恺、郁达夫等人的文人随笔与梁遇春、林语堂幽默小品之合流，经过梁实秋雅室演化与余光中在吐露港的承接，发展至今日香港文人专栏，代表人物之一当然就是董桥。

　　但董桥与香港的关系颇微妙，他看上去不太"香港"却又分明是"香港制造"。他的散文与他编的报纸一样，其中也不少"妈的""放屁"之类撒野文字，读来不知为什么却不俗。他怎么就能经营竹林于闹市，喝杯清茶听喧哗呢？周作人说"五四"散文就是晚明文人精神加英国 Essay 幽默，又预言散文将发达于"王纲解纽"的时代。看来香港散文不发达也不行了：这里"王纲"相对松弛，中英又自然混杂（散文高手如董桥等，都与英伦文化有渊源），剩下的关键，就是如何在后现代坚持或寻回"晚明性灵"的问题了。天地版《当代散文典藏》出人意料地热销，说明情况也许不那么悲观。

刘绍铭为董桥的《旧情解构》与《品味历程》作序，欣赏他既能平日"白天应卯"，又能"在晚上更残漏尽时捡回自己"，更推许那斤斤计较、炉火纯青的文字，便是"董桥的颜色"。说的是董桥，其实也是刘教授夫子自道。

（2001 年 8 月）

白先勇的两种文字

初读文学时听文学研究会老作家许杰先生教诲："弄文学，首先是做人。文如其人。"

后来慢慢发现"文"与"人"之间的关系有些复杂。远的不说，眼前读白先勇的《昔我往矣》就是一例：他写小说写散文，好像是两个人。

刘绍铭在"序"中对白先勇的两种文字有精辟分析："白先勇的小说语言，冷艳逼人，'六亲不认'，在散文字里行间出现的白先勇，有血有泪，坦坦荡荡。"所以结论是："写小说的白先勇，不可靠。要读'正宗'的白先勇，要读有'嚼头'的文字，得读他的散文、随笔、杂文。"

刘教授为了推荐他主编的白先勇散文集，不惜"弹"白先勇的小说"不可靠"。反正《台北人》等盛名天下，痴迷者无数，"弹"亦无妨。记得七八年前和钟玲教授在一个饭局上，议论有哪几位当代中文作家的文字，能够同时征服海峡两岸及香港，既迷倒中学生又难倒学术界，我们的"共识"是张爱玲、白先勇和阿城。吊诡的是三位中文天才偏偏都生活在南加州（当时张爱玲还在世），而且在南加州阳光下，好像都不大写中文了……

其实白先勇在圣塔巴巴拉仍然勤奋写作，写《孽子》，译《台北人》，还有不少怀旧散文，都收在《昔我往矣》中。反思"现代文学"文坛往事，追记旧友深情，还有听昆曲回上海的梦寻……读来其实也是"追忆逝水年华"，与《台北人》感慨故国旧梦，在感情基调上不无相通之处。

分别也许是：写小说的白先勇，也可靠；写散文的白先勇，更可亲。

这么说来，为文为人，还是有某种联系？

（2001 年 9 月）

西西选大陆小说

看西西编的两个大陆小说选本，使我增强了对"文学"（或者说"文学性"）的信心——尽管我并不认为《红高粱》和《阁楼》[1]里所收的一定是内地目前最佳的小说，也并不完全赞同西西在那篇精彩序言里的所有读后感式的评注意见。

看大部分香港和台湾的大陆小说选本，我惊讶海外批评家也和北京文艺领导一样对文学充满了政治热心；看台湾学者和海外汉学家对大陆新潮作品的"学院式"的解析，我惊讶阿城、莫言小说里居然隐藏着这么复杂的"召唤结构"，能引发那么多富有启示性、冲击力和想象力的解读可能；看西西的似乎是印象式随感式的评论，我惊讶小说在文学性意义上能达到的人的沟通程度。仅仅通过作品（本来作品就是最重要的），西西与王安忆、李杭育、陈村、张承志、韩少功等人之间的那种"文学对话"，使我非常感动。

1　收入《80 年代中国大陆小说选》（一）（二），台北：洪范书店，1987 年。

《红高粱》一书，选了五个中短篇，有张承志的《九座宫殿》、陈村的《一天》、郑万隆的《陶罐》、韩少功的《火宅》、莫言的《红高粱》。西西说："读近两年的新创作，我从郑万隆的《异乡异闻》开始，然后遇上张承志……"这种阅读中的"遇上"感，极其有意思。在这里西西并没有只将张承志小说视为文化批评、政治批评的一种材料，而是遇上了一个"生命"。我其实从不反对借用文学做文化、社会及政治的批评或研究（最近我还抓住文学性并不强的《血色黄昏》津津乐道其文化政治意义），但重要的是借用文学时不该忘了它是文学，心中不该忘却"文学性"这个标尺，否则在"好作品"与"有好处的作品"，"杰出作品"与"有影响的作品"之间，永远划不清界线。我看西西虽然也关心作品是否对中国有好处，是否有影响，但她的基本出发点却是在"好不好"。我很佩服她选了陈村的《一天》，更佩服她从作品里看出陈村的创作轨迹："他不断变，书本给他的启示也许多于土地。"以我和陈村交往近十年的体会，我敢说西西这句话是道中要害的。内地这几年也有关于陈村的零星的评论，或赞其技巧、观念先锋，或捧他如何灵气横溢。为什么反不如身处喧哗荒漠的西西更能静心体会陈村小说的实在意味呢？西西在韩少功作品里弃《女女女》而选了《火宅》，也颇有意思。有人说《火宅》是韩少功寻根寻不下去以后的失败之作，我不这么看。西西从既感时忧国又嘻嘻哈哈的角度推荐《火宅》，很有见地。对已经很"红"的莫言，西西直率指出《红高粱系列》中的另四篇不外是第一篇的重复，"甚至有为文造情之嫌"，一针见血。说李杭育"改革文学"成绩平平而《最后一个渔佬儿》熟圆浑成，亦是切中肯綮之言。当然，以我的"偏见"看，对郑万隆吃力的寻根，对邓刚的刻意的新探索，西西似乎都给予了太热情的鼓励。但无可指摘的是，西西显然不是为了"照顾全局"而鼓励他们。西西自己喜欢他们的作品，她早就说过，她是坚持自己的看法来编选本的，所以，她也总是对的。

　　无论如何，我觉得西西的选法很好。"唯一的遗憾，也许是我喜爱的乔良的《灵旗》，暂时还不宜选入。"这真可惜，我也非常喜爱《灵旗》。为什么"暂时""不宜"呢？

（1988 年 11 月）

许荣辉的小说与香港的写实主义

许荣辉在香港默默写作多年，因为短篇小说《鼠》和《心情》连续获得 1994—1995 和 1996—1997 两届香港市政局中文文学创作双年奖（小说组第一名），近来渐渐引起人们注意。我零星读过许荣辉的七八篇小说，觉得他的小说有两个特点：一是常常描画中下层工人生活图景，不断回忆香港靠制造业维生的那个艰难时代，尤其关注挤迫空间下的人伦关系；二是喜欢刻画渲染某种"异象"——包括人体与生活方式的反常，并以这种异象为"道具"，反衬人性与社会的正常异化。

《心情》意在凸显"九七"时代更迭，小说结构上却是昔日工厂与今天公园两个空间的并置对比。《鼠》中满大姨与"我"和家长及邻居的冲突也必须发生在狭窄的住宅间乃至电梯走道里。《阳光小街小记》开篇介绍小街环境："这是一条得天独厚的小街。它并不美丽，就像都市任何街道那样的喧嚣和挤迫……"[1]《胡须林》也着意描写居住环境："那是个居住环境十

---

1 《香港文学》1999 年 5 月第 174 期。

分恶劣的时代，一般人家的居住环境都不会好过，我还记得那时一个不大的单位就住了多户人家，要是那个单位可以间隔成五六个房间，就很有可能住了五六伙人家。"[1] 在近作《密室》中，这种空间细节更加具体，更加写实："自懂事起我就生活在挤迫的环境里，叫我以为挤迫就是我们该过的生活环境。……度过了我的童年、少年岁月的那个小小的房间，只有八十呎，我还记得房里紧紧摆着两张碌架床，有了这两张碌架床，房里再没有太多空间了，除了用来睡觉外，也成了摆放各种杂物的地方。碌架床外，唯一的一件家具是一张折桌，当人在房里想要有点活动空间的时候，就得把折桌折起，但这张折桌在我们生活里太有用了，太重要了，少不了它，因此即使在最挤迫的时候，也很少把它折起。我这样详细地说明房里的情况，只为了说明一件事：挤。在我们生活的空间里，必须适应这件事。"

同样的空间细节，也斯在《剪纸》里可以写出装饰的都市感："乔走过去拉起白色百叶帘，露出一扇红墙。原来那不是窗子，是墙。不，我弄错了，那确实是窗子，一大幅红色的是对面大楼上画的香烟广告。……我转回来，左方是一个入墙长柜，我敲敲柜，原来那不是柜，只是一张反上去的单人床，……我沿墙角的楼梯走上去，远两步便碰痛了头，梯子通往坚硬的天花板，只是用来装饰。"[2] 西西于《我城》中则会表达无奈的调侃："不过是个三百呎的大房间（不过是个三百呎的大房间，又不是

1 《香港文学》1998 年 11 月第 167 期。
2 引自也斯：《三鱼集》，香港：田园书屋，1988 年，第 144—145 页。

三百呎的错），这里面还包括了一个连冰箱也没有地方可以站立的厨房，以及一间连一双木屐进去了也不容易转身的洗手间。至于浴缸，进门时是见不到的，因为是设在了门背后的图画里（因为是设在门背后的图画里，又不是图画的错）。"[1] 相形之下，许荣辉的文字比较写实，比较"笨拙"，描画空间的目的也比较直接，他笔下的环境决定着他小说的人伦关系："地方那么小，每户人家事无大小，自然都瞒不了人家。我常想，那个时代是有那个时代的人情吧。"（《胡须林》）

　　住房生存空间，其实从来都是都市文学的基本课题。丁西林曾有独幕剧《压迫》以幽默含笑手法描写租户房东之间的紧张矛盾，郁达夫《春风沉醉的晚上》则让同是天涯沦落人的知识分子与烟厂女工隔板浪漫同租一层阁楼，而《上海屋檐下》《七十二家房客》等左翼剧作更在拥挤住宅中渲染阶级对立的气氛。值得留意的是"五四"新文学中的都市居住空间，不是局促挤迫的阁楼亭子间穷巷，就是奢侈豪华堕落的酒店旅馆别墅（如《日出》《子夜》的主要场景），正常的民居是极少见的，而且主人公总是租客，总是将都市视为临时栖身过渡之地的过客。从这个角度也可见出被称为香港文学代表作之一的《穷巷》如何延续着"五四"的影响。侣伦是土生土长的香港作家，自20世纪30年代以来一直坚守香港新文学阵地。可是《穷巷》的四个主人公都是刚从内地来到香港的"新移民"。他们挤在一层旧楼里相濡以沫，最后或死或走或另觅居所，显然无法在香港的

1　西西：《我城》，台北：允晨文化，1995年，第15—16页。

穷巷（其实香港很少"巷"，应是旧楼）安身立命。70 年代以后的香港文学也写挤迫狭小的住房，但态度明显不同。许荣辉分析制造业女工们的心理与处境："问题是她们到了这座陌生的都市，不过这样生活方式还是怎样呢？"如果借用西西的笔法逻辑，这么多人拥挤到这个城市来，又不是这个城市的错。

挤迫环境与社会人伦之间有什么样的影响关系？一方面，许荣辉冷静观察狭小空间对人情关系的"挤迫"——小林因为幼年长须备受邻居路人的关注，造成某种心理创伤（《胡须林》）；老人"因家庭的紧张关系，流落公共屋村台阶"，"很夜了才敢回家"（《阳光小街小记》）；详细生动的寻犬启事与简单的寻人启事在街头的电线杆上形成辛酸的讽刺对比（《阳光小街小记》）；满大姨因为喜欢养鼠造成了亲戚一家及整幢楼的不安。但另一方面，更多时候许荣辉更注意捕捉都市生活压力下残存的人情。小林虽有生理缺陷，仍有父爱母爱弥补。短篇小说《发》[1] 中的男人虽然失业苦闷，精神恍惚，老婆却十分谅解同情。同样温暖的还有阳光小街中的父女之情，自贴寻人启事的老人以及任劳任怨开电梯的巴基斯坦人等，很多细节能使读者得到不无"老土"但又颇为真实的感动。和很多其他类型的拉开距离的回忆一样，许荣辉笔下的香港制造业时代也是在艰难之中充满光荣，值得留恋，至少可以唏嘘感慨。在《密室》里，狭小空间甚至造就了男主人公的畸形春梦。"我坐在碌架床上，背靠着铁架床的铁条上，后面还有女子站着，突然有很温暖的感觉，我特别

---

1 《香港文学》1995 年 5 月第 125 期。

敏感地感到一股温暖的压力自背后压了上来，这种温暖的压力慢慢加强，变成了很巨大，集中在我的脊椎上，产生很炽热的感觉。……轻轻的喘息的声音，轻轻的，只因紧贴着我的背后，才能听得到……我终于禁不住心中的好奇，转过头去，背后的女子及时抽身而去，动作很自然，……"同样写性觉醒，细节不如莫言（《透明的红萝卜》）那样虚幻隐晦，笔调也不似王朔《动物凶猛》般传神洒脱，但许荣辉的记忆更富现实的挤迫感，不只是倾诉青春烦恼，更依托狭小空间中的女工劳作群像。

　　不过许荣辉有时并不满足于写实，经常喜欢在小说中营造某种超现实的异象——养家的硕大的鼠、童年长须的小孩、失业中年白日梦中满街纷飞的头发、像电灯柱一般高的老实人，等等。许荣辉的异象并不意在浪漫传奇，而是借"魔幻"显示"现实"，借怪相怪事反观常人常态（之不正常）。而作者对这些怪相怪事异畸形本身的描写常常是中性的，有时还略带同情。中性的描写一般来说效果比较理想：获奖短篇《鼠》对满大姨养鼠的怪癖行为完全不加褒贬，因此这个"魔幻细节"一石数鸟，既能够揭示城中众人对异己文化的排斥与围观，又可以展示他们对外来入侵者从恐惧到习惯甚至转为恭维的心理过程。《胡须林》后半部写小林成年后浓须反成英武标志，虽令读者心情舒畅些，却多少削弱了作品的凝重怪诞气氛。《发》的结尾突然点出失业男主人公精神恍惚的现实原因，由虚到实转折也太明显。为什么会有这样的转折？大概因为作者太同情他笔下的"异象"了吧。感情倾向明显了，读者参与的空间却也受到了限制。

　　许荣辉 1992 年发表在《星岛日报》"文艺气象"上的《渔

岛》是篇十分抒情十分文艺腔的小说。后来许荣辉将视角伸向现实底层往事，抒情有所节制，但第一人称"我"的感官视角始终存在。基本上许荣辉是个具有写实倾向的作家。香港小说在外界看来或以武侠言情与现代主义见长，写实的路不太好走。不过我近来在使用"写实"这个概念时不无困惑，特别是在香港文学的上下文中讨论写实传统，觉得尤其应该谨慎。许荣辉细数碌架床位置数目是写实，西西在门后画浴缸不也是写实？《密室》中女工拥挤一室终日劳作是写昔日贫穷艰难之实，钟晓阳《忆良人》写女主角为了"已经买楼"而嫁人，同样也写今日富裕但照样艰难之实。在课堂上讨论 50 年代的香港小说，我将《穷巷》与三苏的《经纪日记》一起交给学生，逐章逐段比较。大多数学生都认为，无论是作品中描写的事件、心态还是描述语言本身，《经纪日记》都更像香港的人和事，而《穷巷》较似巴金、曹禺作品移植香港。我当然无意怀疑《穷巷》的文学史意义，我也很喜欢读舒巷城、海辛、东瑞或陶然、王璞的很多作品，我只是在阅读许荣辉小说时忍不住想起，香港是否也有一些不同样式的写实主义？

（2000 年 7 月 8 日）

今天的『酒徒』

在研讨会上的发言

今天是 2009 年的香港，现在的酒徒，当然是一个喜欢喝酒的人，也喜欢刘以鬯的小说，跟我有私交，姑隐其名，他的言行我不负责任。他读小说《酒徒》[1]，最喜欢的是第五章中的一段话，文学爱好者麦荷门问男主人公，我们处于这样的一个大时代，为什么没有托尔斯泰？男主人公喝了酒，却非常清醒地回答了八条："（一）作家生活不安定。（二）一般读者的欣赏水平不够高。（三）当局拿不出办法保障作家的权益。（四）奸商盗印的风气不减，使作家们不肯从事艰辛的工作。（五）有远见的出版家太少。（六）客观形势缺乏鼓励性。（七）没有真正的书评家。（八）稿费与版税太低。"今天的酒徒跟我说："你看！多有远见，唯一的改变是书评家多了，比如有今天在座的也斯、罗贵祥、谭国根等。"可是他还要加两条：（九）香港没有文学馆。（十）没有文学馆请今天的酒徒当作家或者工作人员。

1　1962 年 10 月 18 日开始在《星岛晚报》副刊连载，1963 年出版。

今天的酒徒私下跟我说，香港建文学馆有点难度，因为北京的文学馆、台南的文学馆都有政治意识形态的动力。中国大陆的现代文学史，是"五四"以来的文化跟军事两条战线之一，所以现代文学要大大表彰。台南的文学馆每年有三亿台币的经费。香港的文学馆要建在西九这样昂贵的地区，酒徒私下认为困难。

今天的酒徒很认真地读了刘以鬯的小说，认为主人公的生活分成三个部分：一、文学；二、女人；三、酒。文学又分成Ａ、Ｂ、Ｃ三部分，Ａ部分是对文学史与对其他作家的一些非正统的看法，如《子夜》，鲁迅说也没有更好的长篇了，最有成就的是沈从文，特别提到张爱玲，说张爱玲的出现犹如黑暗中出现的光，她的短篇小说不是严格意义的短篇，不过她有独特的风格，一种章回小说与现代精神糅合在一起的风格。今天的酒徒就说刘以鬯非常吃亏，不应该将这么精辟的文学评论，放在主人公喝醉酒的情况下说出来，其实小说中的酒徒颇有自己独特的文学史眼光。刘以鬯的小说发表时夏志清的书还没有中译本，我们现在都认为是夏志清发现了张爱玲。

今天的酒徒说他也有很多对香港文学的看法，比方说香港最近也有些作品写得很出色，比如叶爱莲的情色文字很漂亮，等等，不过他坚决不随便发议论，更不会写到小说里。要写就到学院里写，加很多注释来发表。这是他谈小说中酒徒生活的第一部分，即他对文学史及作家的看法。

Ｂ部分是他的文学观念。小说中的酒徒也有文学观念，大家都能在书里面看到。他说由于电影电视的高度发展，小说家必须要开辟新路。单线叙述绝对不能表现错综复杂的现代和社会。现实主义的没落早已成为普遍现象。小说第十二章更借主人公之口说："现实主义应该死去，现代小说家必须探求人类的内在真实。"是不是用意识流等手法更能探索人的内在真实，今天的酒徒对此种看法有保留。他认为小说中酒徒的文学观，有一点文学进化论的观点，好像新的、现代的点，总比旧的和现实主义的好。其实司马迁和《红楼梦》的文字，以及很多古文字，虽不是现代主义，却也不能说它因为时代的变迁而过时。所以在这点上，他喝醉酒居然捣蛋，对《酒徒》中的文学观念提出一些怀疑。

C部分是文学的处境及文人的选择。在刘以鬯的小说里，主人公曾经构思过一个小说，名字叫《海明威在香港》。故事说海明威在香港，连床铺都被包租婆拿走，改租给了一个卖肾亏药的小贩。他临死时在街上拿着《丧钟为谁而鸣》，却没有人理他。《酒徒》里面，充满对香港社会文化环境的抱怨，愤世嫉俗。刘以鬯的小说喜欢用连贯的、有规律的、理性化的和排比的意识流句子，这是比较人为的意识流句子。例如《酒徒》第三十章有这样的写法："香港真是一个怪地方，艺术性越高的作品，越不容易找到发表的地方；相反，那些含有毒素的武侠小说与黄色小说却变成了你争我夺的对象。香港真是一个怪地方，不付稿费的杂志，像过去的《文艺新潮》，像过去的《热风》，常有优秀作品刊出；但是那些依靠'绿背津贴'的杂志，虽然稿费高达千字四十元，刊出的'东西'常常连文字都不通，遑论作品本身的思想性与艺术性。"我们在这里得到一个信息，就是当时千字四十元是很高的稿费。大概一般只有十元至二十元，跟内地 50 年代的情况差不多。"香港真是一个怪地方，价值越高的杂志，寿命越短，反之，那些专刊哥哥妹妹之类的消闲杂志，以及那些有彩色封面而内容贫乏到极点的刊物，却能赚大钱。"连续证明香港真是一个怪地方。

我问今天的酒徒对此有什么看法，他的第一个评论说刘以鬯是独白、单声道。虽然酒徒在里面常常很迷晕、喝酒、展现醉态，但看他使用的那些词——"艺术性越高"，"价值越高"，说明主人公心目中的价值观是非常坚定的，哪一些是好的，哪一些是差的，他没有任何犹豫。对各种文学的美学价值，有一个非常固定及坚定的测量系统。相比之下，稍晚或同一时期出版的另一个长篇——崑南的《地的门》中主人公就很混乱。如果说《酒徒》的主人公是知道好坏，可是迫于社会的压力，只能做不太好的事情而抱怨，那么《地的门》的主人公就连什么是好什么是坏也分不清楚，自己要什么也分不清楚，那是一种更大程度的迷思，因此有一种更大程度的复杂性。这是今天酒徒的观点，不是我的观点。他有一个旁证，说看过刘以鬯的一个小说叫《动乱》，《动乱》里面用了八个不同的角度来写动乱的事情，可是八个角度见证的是同一个事情，不是《罗生门》。八个角度讲同一个事情，就是说明动乱发生什么事情在作家心目中是非常清楚的。这就旁证了《酒徒》内虽然充满了多声道的复杂音，但是主流价值观非常稳定。

我问今天的酒徒："对于他面对的这个世界，被迫写武侠，又放弃自己纯文学的理想，你应该怎样做，你会怎么做呢？"

今天酒徒也是这样，喝酒跟不喝酒也是不一样。他不喝酒的时候很冷静，他分析说："香港真是一个怪地方，难道只有香港怪吗？其实香港的怪有很多原因。"

第一，英国的文化政策。英国在所有的殖民地区都推广英文，只有在香港，它让位给中文，但是让位给中文是有选择性的，政治、法律、教育等坚持英文，唯有娱乐给中文。因此把中文文学归入为康乐的范围，今天还是民政事务局下面的康乐及文化事务处管理。即把文学、厕所、街市、小贩等放在同一个管理的层次上。英国人这种政策也不是单单对香港人不公平，本身英国的经验主义哲学就比较强调感性和经验在美学当中的作用，比较强调快感娱乐性对艺术的影响。相比于拉丁文化中那些超越理性的美学，或者康德美学，英国那种经验主义美学是比较世俗性的。

第二，今天的酒徒没醉的时候，也读过一些书，如李欧梵的《上海摩登》。李欧梵教授分析说，当西方文化进入上海之后，它变成了两个区，在法租界是咖啡馆、梧桐树、剧院；在英租界是跑马厅、巡捕房、电车和银行。而大陆知识分子后来接受的文化及革命的概念，主要都来自法租界的形态，而且把上面的商业家、马场、电车和银行这样的模式，作为革命跟文化的对立面。相比之下，在香港的英国文化是占主导的，这导致了香港的娱乐文化长期的繁荣，"这些东西酒徒当年喝醉的时候没有想得太清楚，牢骚很多"——今天的酒徒自以为懂点理论，其实也发牢骚。

还有第三，1949 年后所有的鸳鸯蝴蝶派都被从内地排挤到香港，以至于跑到沙头角能够看《龙虎豹》也曾觉得是一种自由社会的幸福。这反而也促使香港娱乐文化长期繁荣。

而最后还有一个更重要的原因就是我们突然进入了后现代。后现代跟现代主义很不一样，现代主义可以站得很高，看不起世俗文化，詹姆斯·乔伊斯和福克纳可以看不起世俗文化。可是到了后现代，一切都拉成了平面，一切都可以被罗贵祥用来做文化研究。这个时候图书馆、《圣经》跟一个电话簿在理论上具有同样的文本价值，因此这潮流到来以后，影响到很多比较文学的研究及香港的学者，用后现代的理论帮香港娱乐文化的主流做合理化的辩护，今天的酒徒也很清楚这个角度，这是他醒的时候。醉的时候，他始终不服气："我就不相信金庸的文字比刘以鬯好，酒徒当年坚持的东西就不对吗？难道世界上就只能这样写吗？难道纯文学在香港就一点都没有出路吗？"但在半醉半醒的时候，他就考虑过有几种其他的选择，像李碧华、王贻兴都能赚钱。像王家卫的"酒徒"（梁朝伟），从小说的愤世嫉俗到电影的玩世不恭。酒徒活到 2046 就犬儒成精了。就算是脱衣服，其床上对手会被"封杀"，但梁朝伟却没事。像王家卫戴黑眼镜一样：既娱乐他人，又娱乐自己——这是半醉半醒时酒徒的分析。

今天的酒徒除了文学以外，还对《酒徒》中的女人有很大兴趣。《酒徒》中的女人可以简单分成三类：第一类是他去追求，但是得不到的，例子是张丽丽。张丽丽有钱，代表罪恶的香港，但是她又非常有诱惑力，主人公宁可被她利用。这代表主人公对金钱的自卑。第二类是人家追他，他拒绝，他只是被追。例子有两个。一个是司马莉。今天的酒徒认为现在已碰不到像她这样的女人，因为她们都去做"靓模"了（汉字表达不了，少了一个口）。《酒徒》中司马莉居然在 17 岁这么年轻的时候看中这个穷文人。但主人公在这时非常坚定，认为他不能利用她的无知占她的便宜。还有一个是香港电影中的典型人物——包租婆。包租婆是一个被冷落的"二奶"，40 多岁，以酒来买他的欢心。男主角喝醉酒就被诱奸了，最后很后悔要搬家。第三类是互相同情的，例子是舞女杨露。杨露也是 16 岁的脸，也是超老的心，但是酒徒解释为什么他喜欢杨露而拒绝司马莉。他说杨露是被侮辱的，是受害者，司马莉是自暴自弃，因为她家里有钱。在这个情况下，主人公继承了郁达夫那种在情色当中体现忧国忧民的传统。同样是风尘女子，他要挑一个被侮辱的受害者。最后杨露也要嫁人了。小说里也有其他妓女，主人公一贯寄予同情。人家偷了他的钱，他也不抱怨。如果妈妈来介绍女儿为娼，他坚决拒绝。

我问今天的酒徒："你对一男三女模式有什么看法？"今天的酒徒说："一男三女是香港文学尤其是男作家的一贯模式，请举《地的门》的例子，《地的门》也有三个女人：第一个是初恋的方葆连。可是男主人公不争气，他问那个女的家人借钱，本来人家对他挺好的，可是他借了人家的钱受骗以后还不出来，最后家里也反对，所以这个初恋没有成功。第二个是富家女雅菁，男主人公到她家开舞会感到非常自卑，强吻了一下，最后仓皇逃走。第三个是婷表妹。跟杨露的情况一样，大家是互相同情同时又都害怕婚姻，所以就互相安慰。但是相比之下，《酒徒》

描写男主人公对杨露的纯真的理想，《地的门》的男主人公对爱情一开始已经非常失望。把两个一男三女模式相比，《酒徒》里的男主人公对所有女人都没有错，该拒绝就拒绝，该得到就得到，最后被人家用酒瓶打破头，他自己也非常反省，都没有错，但是都失败。《地的门》的男主人公有错，他对婷表妹也有所利用。他对方葆连，借了人家的钱不还，变相吃软饭，有错。他对雅菁那么自卑也是有错。他是有错也失败。"

我再请问今天的酒徒，如果今天写小说该怎么办？他说今天也有一位男作家写了很长的小说，虽然也是一男三女模式，不过已经演化到很不一样。第一个是外国女记者，很崇拜男主人公，一直写他的传记。第二个是一个年轻女学生，一直需要他指导她的文学才华。最后一个是他的终生之爱，男的不想活了，女的陪他死。所以发展到今日厉害了，不仅男人都没有错，而且都胜利了。所以今天的酒徒说，自己在这个问题上还不知道该怎么写，经历还有些欠缺。

最后谈到关于"酒"的功能，今天的酒徒注意到，在小说里，在文意上"酒"是条分界线：醒，是堕落、是失败、是妥协、是娱乐他人；醉了，才是清醒、才是解释、才是勇气、才是娱乐自己。可是在女人身上，醒是道德、是克制、是自省；醉了才是失态、是放荡、是沉沦。所以同样是酒，在文学上所起的功能与对女人所起的功能是不同的。当然他也客观地指出，作家虽然写了很多酒字，可是很少具体细节。来来去去就是威士忌和白兰地，什么牌子呢？欠奉。有没有喝葡萄酒呢？也没有。如果是刘绍铭或戴天来写，可以讲出很多，哪个省份，哪个年份出产的会特别好,等等。可是一个酒徒在这么长的长篇小说里,居然对酒的细节很少涉猎,也没有讲到茅台之类,也是一个特别的地方。但对于今天的酒徒这方面的批评,由于本人也不善喝酒,所以无法相信,无从评论。

（本文收入梁秉钧等编：《刘以鬯与香港现代主义》，

香港：香港公开大学出版社，2010 年）

四篇重要的香港小说

《经纪日记》《动乱》《鲤鱼门的雾》《黑丽拉》

一 《经纪日记》

  《经纪日记》于 20 世纪 50 年代在《新生晚报》连载了四五年。虽是长篇连载，人物连贯，但故事独立，剪写下来就是"短篇小说"。作者三苏，在五六十年代香港报界文坛十分活跃，除小说外，也写散文、随笔、政论等，据说当年的招牌写作姿势是"车衣"式的——稿纸移动，执笔位置不动。

  但为什么这种"车衣"文字半个世纪以后说来依然可列入文学史呢？

  我的理由有三：

  一、小说中充满细节。女客户陆羽出场——"另细路一名，陈姑娘谓你其弟，细路无意中却叫起阿妈来。"仅仅一句，再无评论，该女性的身份、性格、家境已跃然纸上。"到了雪厂街口，向一个小贩买摩利士，我掏出腰包来，陈姑娘见我要出钱，竟拿了一罐三个五，又破了几块钱的财了。"一个动作，同时写了两个人的"嘴脸"。类似自嘲反讽在小说中随处可见：见妻通夜不归，也不敢问，"就是惯惯，打麻将总会打到头发蓬松，急于揾钱，立下志向发达之后，再来齐家"。"披衣出门，到车站，买了一份英文报纸，挟在腋下，神气十足。再买一份中文报纸，在电车里看。"三苏的这类讽刺文字，比张天翼、钱锺书更少渲染，更不动声色。

二、主人公性格复杂，很难做道德评判。仅以其对妻子一项，已可见出背叛、害怕、关爱、嫉妒等多重矛盾性格。这个介于阿 Q 与韦小宝之间的人物后来可以一直发展到黄百鸣、周星驰的电影角色，是因为经纪心态与港口生态紧密相关。一笔钻石生意，从莫伯 3700 元开价（就是不说进货价）到"老细"的 5000 元大陆逃港游资，1300 元利润中包含有专业评估（莫伯）、经纪手段（主人公）、信息费用（周二娘）及情色投资（陈姑娘）。这不也是今日香港社会生态的一种基本要素吗？

三、融合白话、粤语及文言于一体的"三及弟"文字，"踏路""猛擦""梳莉""米路"等，放在上下文里，均不难理解。给今日读者一种可以克服的语言上的陌生感，又记录了粤语入文的一个特定阶段。

"批量生产"的流行文字，后来成为香港文学史上的重要作品，这样的"三及弟"文字，《经纪日记》，便是一例。

二　《动乱》

刘以鬯是将 20 世纪 30 年代、40 年代现代文学与 50 年代以后香港文学发展连接起来的关键人物，是香港最重要的作家之一。他的代表作是长篇小说《酒徒》，入选各种结集多的是短篇小说《打错了》。这篇《动乱》则记录了香港现代史上除"九七"回归以外最重要的一幕："六七暴动"。

"六七暴动"使当时的香港政府第一次了解中央政府对香港政策的底线并从此开始认真治理香港。但刘以鬯的短篇并无意讨论这事件的历史背景，只是通过一系列现场目击者（泊车投币机、石头、汽水瓶、垃圾箱、计程车、报纸、电车、邮筒、水喉铁、催泪弹、土制炸弹、街灯、刀和一具尸体）来多角度、多方位地复制"事件现场"。

刘以鬯对"五四"以来的现代文学一向有自己独到的看法（早在《酒徒》中就颇推崇沈从文、张爱玲和端木蕻良，与夏志清"英雄所见略同"），在创作方法上也一直喜欢采用现代主义的技巧。《动乱》中的多角度、多方位、拟人化现场报道，投币机、垃圾箱、计程车、邮筒、街灯等所看到的是同一个事件，不同角度见到不同片段、不同侧面，但合起来整个现场情况（事件真相）是不矛盾的，是一致的，并没有出现《罗生门》式的情况（即不同当事人对同一事件见到不同真相）。

这说明刘以鬯的现代主义实验主要是技巧和方法层面的，

而不是思想和哲学层面的。正如《酒徒》中醉的是主人公，作者价值观一直清醒一样，《动乱》中电车、催泪弹、水喉铁、尸体所共同报道的，是同一个作者认为真实的历史事件——如果别的广场上的街灯、碑石、树木、标语牌、旗杆、碎石等均能发出自己的声音，它们的证词会是刘以鬯《动乱》式的呢，还是《罗生门》式的呢？

三 《鲤鱼门的雾》

《鲤鱼门的雾》是舒巷城的代表作之一（另一部不容错过的作品是《太阳下山了》），舒巷城是香港"乡土文学"的代表作家之一。香港的"乡土文学"既不同于 20 年代鲁迅、许钦文、蹇先艾等文人侨居城里温馨苦涩地怀乡忆儿时，也不同于 30 年代沈从文抗拒都市文明因而美化湘西纯朴的"人生形式"。舒巷城的"乡土"（筲箕湾、鲤鱼门、柴湾、清水湾、茶果岭……）现在就在城里，那时也离城不远。香港的"乡土文学"有两个层次，或者说两个阶段，在 1950 年创作的《鲤鱼门的雾》里，主要表现一种与城市的心理距离；在 1960 年创作的《太阳下山了》里，则逐渐转变为一种认同城市故乡的本土情结。

鲤鱼门与中环距离很近，梁大贵与城市距离很远。"他看也没多看一眼码头旁边的铺户……那街上的洋货店、金铺，从来不曾在他的记忆里留下过什么。甚至现在他对它们还是陌生的……"大贵要看的是"那又清又咸海水……充满鱼腥味、汽笛声及人声吆喝的码头",还有"常常和他隔着小艇唱咸水谣"的女孩……

洋货店、电车、金铺,市民们每天追逐变化利益的地方。都市文明五光十色充满变化,唯一不变的是永远地追逐变化、追逐利益——这也是生命力所在。而艇仔粥、码头、鲤鱼门、雾、海水则是大贵的家。乡土情怀就是企图保持不变的纯真朴实,注定是要面对变化而失落——这也正是香港人的命运所在。

以游子回乡的情绪(而非性格、情节)为主轴,文字有书卷气(如"经四面八方,雾是重重叠叠滚来的呀——"),但为场景的粗糙感和情绪的乡土气所弥补。中年人重回故里的惆怅迷惘,景物依旧,人事全非,总是中外文学常见主题。但年轻的舒巷城写出了香港特色的城里人的"乡土情结"。

鲤鱼门的雾是充满变化的,但鲤鱼门有雾,却是不变的。

四　《黑丽拉》

这是一个用郁达夫笔调写成的发生在尖沙咀的香港版《茶花女》故事(文本套文本,小说中就有写女主人公一起看《茶花女》的情景)。写女招待也和施蛰存名篇《梅雨之夕》一样,以下雨遮伞做媒介,但不是写男的为陌生女子遮伞,而是酒吧女邀男主角同行。评论家黄子平曾分析过郁达夫《春风沉醉的晚上》为何承袭发展了从白居易"江州司马青衫湿"到一路演变过来的"文人与风尘女子"的文学模式。

在《黑丽拉》里，女主角在不同的酒吧当女招待，男主角看上去无事可做，经常光顾咖啡馆，同情女招待，其实却是一个善感、寂寞、多情的文人。故事确实有点"老土"，但也铺展得从容、细致，发展入情入理，层层递进，结局也模仿《茶花女》——郁达夫、曹禺分享着共通的多情与忏悔。

这就是发表于1937年的香港小说：都市场景＋华洋杂处＋文人情调＋色欲世界＋穷困孤独……侣伦是香港新文学最早的开创者之一，代表作《穷巷》，以人道主义混合文艺腔写南来人口的香港困境，但也将《黑丽拉》收入本选集，一方面是因为小说本身的艺术价值，另一方面也是为了记录香港小说的早期风貌。

同一文人边写作边同情风尘女子的故事模式，后来也出现在刘以鬯的长篇《酒徒》甚至近年王家卫的电影《2046》里。

（本文是为一个研讨会发言而作的笔记，并未公开发表）

图书在版编目(CIP)数据

小说香港 / 许子东著 .-- 北京：九州出版社，
2025.8. --ISBN 978-7-5225-4062-7

Ⅰ . I207.427

中国国家版本馆 CIP 数据核字第 2025MM6500 号

小说香港

作　　者	许子东　著
责任编辑	张艳玲　周　春
出版发行	九州出版社
地　　址	北京市西城区阜外大街甲35号（100037）
发行电话	（010）68992190/3/5/6
网　　址	www.jiuzhoupress.com
印　　刷	山东临沂新华印刷物流集团有限责任公司
开　　本	965毫米×635毫米　16开
印　　张	12.5
字　　数	135千
版　　次	2025年8月第1版
印　　次	2025年8月第1次印刷
书　　号	ISBN 978-7-5225-4062-7
定　　价	69.00元